KB074332

웹진 『시인광장』 선정

2010 올해의 좋은시 100選

웹진『시인광장』선정

2010 올해의 좋은시 100選

초판 인쇄 2010년 9월 10일
초판 발행 2010년 9월 15일

지은이 | 이장욱 외 99인
펴낸곳 | 아인북스
펴낸이 | 윤영진
등록번호 | 제305-2008-00019호
주소 | 서울시 종로구 내수동 72
　　　 경희궁의아침 3단지 오피스텔 1104호
전화 | 02-926-3018　팩스 | 02-926-3019
메일 | 365book@hanmail.net
블로그 | naver.com/bookpd

ISBN | 978 - 89 - 91042 - 33 - 9　　03810

웹진
『시인광장』
선정

2010

올해의
좋은시
100選

🌟 아인북스

차례

최고의 살균제인 태양처럼 빛나는 시들

김백겸 (시인, 편집주간)

──────── 세계를 이해하는 두 가지 형식으로 인간은 이성과 감성을 사용한다는 고전적인 견해가 있습니다. 두 형식 모두 독자적인 모델인 과학과 예술형식으로 세계를 파악합니다. 주자의 격물치지(格物致知)이지요. 과학과 예술은 사물의 내재적 관계를 드러내고자 하는 인간정신의 표현입니다. 삼라만상이 '일자(一者)의 표현'이라는 신플라톤주의 시적인 표현도 인간의 표현 욕구를 은연중에 드러내고 있습니다. 세계가 왜 지금의 모습으로 시공간에 존재하는지(표현되었는지) 저희는 알지 못합니다. 'I am that I am' 이라고 말한 조물주의 설정이나 '스스로 그러하다'는 자연(自然)이라는 설명은 모두 회귀논리에 갇혀 있습니다. 인간의 앎이란 이런 갇힌 체계의 상상입니다.

예술의 원천이었던 종교와 신화는 인간의 존재양상에 관한 '극화된 알레고리'를 보여줍니다.

신(神)들(인간의 롤 모델이자 외부 세계의 존재 이유와 기능의 해석이죠)은 배우처럼 무대에 나타나서 인간이 상상할 수 있는 모든 변화와 운명과 비극과 희극을 보여줍니다. 인간은 예술표현을 통해 인간의 욕망에 비친 세계를 이해하고자 하는 본능이 있는 것 같습니다. 이런 관점에서는 종교와 신화도 넓은 의미의 예술입니다. 표현이라는 관점에서는 과학도 예술의 다른 형식으로 볼 수도 있습니다.

'예술은 자연의 모방'이라는 정의는 닫힌 체계의 알레고리를 보여줍니다. 자연 자체에 대한 앎이 닫혀 있는데 그 모방인 예술은 한계가 있을 수밖에 없습니다. 그러나 '시는 인간의 성정(性情)을 드러내는 것이다'는 표현주의는 성정의 해석가능성에 따라 열린 체계로 나아갈 수도 있습니다. 성정을 인간육체의 산물로 보는 견해는 인간은 자연의 부분이므로 또 다시 예술을 물질과 에너지운동의 관계형식으로 환원합니다. 뇌 과학자들은 생각과 감정을 뉴런의 관계회로망으로 정의하지요.

성정을 인간이 처한 외부 세계와의 관계망으로 해석하면 인간의 의식은 무한으로 확장됩니다. 인간의식이란 뇌 안에 갇혀있는 존재가 아니라 외부환경과 결합한 심층심리와 문명과 문화의 외부 표현까지 아우르게 됩니다. 누적된 문명의 기억과 표현을 섭취하고 자란 현대인의 의식은 원시인과는 매우 다릅니다. 과학과 예술의 표현이 넓고 깊어질수록 인간의 의식은 더 확장되겠지요. 여기에 성정을 종교나 철학이 말하는 형이상학적인 실체의 반영으로 해석한다면 인간의식은 곧 우주의식이 됩니다.

표현으로서의 시는 열린 체계로 나아가는 인간의식의 첨병입니다. '생각의 코카인'이자 '감정의 혁명가'입니다. 시는 '제도'와 '윤리'의 고정 울타리를 뛰어넘고 '이카루스의 날개'처럼 감옥으로서의 '현실'을 벗어나는 비행선입니다. 시인들은 세계의 '참'과 '거짓'에 대한 이데올로기를 벗기는 '제다이'의 전사(戰士)입니다. 많은 시들이 시인광장에 소개되고 있으나 시간의 오랜 전투에서는 결국 산시와 죽은 시로 갈라집니다. 시인인 저는 시인광장이 죽은 시들의 시체가 산하를 붉게 물들이는 연습장이길 기대합니다. 최고의 살균제인 태양처럼 빛나는 시들이 자본 시대의 병든 의식과 문화를 치유하는 희망으로서 살아남기를 기원합니다. 새로운 표현이 곧 새로운 정신인 21세기 문명을 향해 시인광장이 걸어가고 있습니다.

웹진『시인광장』Webzine Poetsplaza은 2010 '올해의 좋은 시' 선정을 위해 1차로 1000편의 시를 대상으로 100人의 시인이 1인당 10편씩 추천하여 이를 집계하여 순위별로 100편을 선정했다. 선정된 100명의 시인에게 다시 2차로 10편의 좋은 시를 추천토록 의뢰했다. 이에 따라 총 57명의 시인이 각각 100편의 시를 읽고 심사숙고하여 결정한 10편의 추천시를 보내왔다. 이를 모두 다득점에 의해 집계한 그 결과, 최종심사 후보로 10편이 선정되었다.

그리고 금년 7월 24일 토요일 오후 4시 인사동길 '시인(詩人)'에서 웹진『시인광장』김백겸 주간을 심사위원장으로 하여 유성호 평론가와 엄경희 평론가가 함께 참석한 가운데 웹진『시인광장』2010 '올해의 좋은 시' 수상자 선정을 위한 최종 본심이 진행되었다.

본심에 오른 10편에 대한 심사 가운데 심사에 참여한 김백겸 주간의 시가 포함되어 있어 이를 논의에서 제외하고 진행했다.

올해의 심사는 전년도와 마찬가지로 문학경력과 수상경력 등을 공정과 균형의 원칙에 의해 최종 1편의 시를 웹진『시인광장』선정 2010 '올해의 좋은 시' 수상시로 선정했다.

■ 2010 '올해의 좋은 시' 2차 본선 10選

1. 김백겸   진홍빛 폐허 (월간『현대시학』2009년 11월호)
2. 김혜순   열쇠 (계간『문학과 사회』2009년 겨울호)
3. 송재학   공중 (계간『문학동네』2009년 겨울호)
4. 신용목   위험한 서지 (계간『시인세계』2009년 가을호)
5. 심보선   나날들 (계간『신생』2009년 가을호)
6. 유홍준   사람을 쬐다 (격월간『유심』2009년 11~12월호)

2010 '올해의 좋은 시' 賞 수상자 이장욱 시인

──────────── 여러 시인들의 시편이 각자의 포스와 미학과 격을 고유하게 드러내면서 많은 동료 시인들의 공감을 이끌어내고 있었다. 모두 10편의 작품을 검토하는 자리에서 많이 망설였지만, 궁극적으로 개개 시편의 우열을 계량화할 수 없었다. 그래도 단호하게 이장욱 시편의 장점들을 추출하여 올해의 최우수 시편으로 뽑았다. 그의 작품 제목은 「겨울의 원근법」이었다.

■ 선정 이유
시인들의 '축제'

지난해와 마찬가지로 2010 '올해의 좋은 시' 수상시를 결정하는 심사는 매우 어려웠다. 1000편 시에서 1차 100편의 시가 선정되고 다시 57명의 시인들이 투표로 선정한 10편의 작품이기에 외견상 객관성이 확보된 작품들이었기 때문이다. 그러나 개인적으로는 올라온 작품들이 너무 보수적인 작품들이 선정되었다고 생각했다. 추천 시인들은 일단 자신들이 이해 가능한 작품들을 추천하는 경향이 강했다. 그러다보니 참신한 사유와 개성을 보여준 작품들이 올라오지 못했다. 이 경향은 97명의 시인들의 추천에 의해 선정된 1차 100선 선정에서도 마찬가지였다.

본심에 오른 10편 중 심사위원인 본인의 작품을 배제하고 나머지 9편을 대상으로 심사위원들이 3편씩 추천했다. 집계결과 2표를 받은 작품이 송재학의「공중」, 심보선의「나날들」, 이장욱의「겨울의 원근법」, 조용미의「얼룩」이었다. 3표를 동시에 받은 작품이 없어서 다시 심사해야하는 고충이 있었다.

송재학의「공중」은 다른 문학상에서 이미 수상을 받은 사유로 인해 제외되었고, 심보선의「나날들」은 앞으로 더 지켜보자는 심사위원들의 의견으로 최종으로 조용미의「얼룩」과 이장욱의「겨울의 원근법」을 심사했다. 모두 자신만의 개성이 담긴 작품들이라 평가가 어려웠다. 결국 심사위원 3명의 재 추천에서 다시 2표를 얻은 이장욱의「겨울의 원근법」이 최종「올해의 좋은 시」로 결정되었다.

수상자에게 축하를 드린다. 이 상의 기본 취지는 다른 문학상과는 달리 현장 시인들이 직접 참여함으로써 선정과정의 즐거움과 작품의 객관성을 시인들이 볼 수 있도록 하는데 있다.

그러나 시스템을 좀 더 보완해서 정말로 '좋은시'들이 누락되지 않아야 하는 과제도 동시에 발생했다.

2011 '올해의 좋은 시' 賞은 시인들의 더 많은 참여로 객관성을 높이고 현장시인들의 의사가 최대한 반영되는 행사가 되도록 할 예정이다. 여러 제약에도 불구하고 '올해의 좋은 시' 행사의 한 가지 장점은 원로와 중진, 신예의 시격(詩格)이 모두 같다는 점이다. 신인이라도 '좋은 시'로 동료시인들의 마음을 사로잡는다면 100選과 10選에 오르는 영예를 누리고 다시 '올해의 좋은 시' 賞의 수상자가 될 수 있다.

이제 이 행사가 시인들만이 즐기는 축제가 아니라 시를 사랑하는 독자들과 시인들 모두가 하나되어 참여하는 축제가 되리라 생각한다. 웹(Web)의 장점을 최대한 살려 연중 내내 좋은 작품을 발굴하고 국내외서 유일한 사이버(Cyber) 시의 축제로서, 시단의 대표적인 행사 중 하나가 되길 소망한다. 현장에서 활발히 작품을 발표하는 신예와 중진 그리고 원로 시인들이 다수 추천으로 선정하는 이 상을 수상하는 시인은 공신력으로 명예가 최고인 문학상을 수상하였음을 알려드린다.

김백겸(시인, 『시인광장』 주간)

선정 이유
'시적 기하학'

여러 시인들의 시편이 각자의 포스와 미학과 격을 고유하게 드러내면서 많은 동료 시인들의 공감을 이끌어내고 있었다. 모두 10편의 작품을 검토하는 자리에서, 많이 망설였지만, 궁극적으로 개개 시편의 우열을 계량화할 수 없었다. 그래도 단호하게 이장욱 시편의 장점들을 추출하여 올해의 최우수 시편으로 뽑았다. 그의 작품 제목은 「겨울의 원근법」이었다.

원래 '원근법(perspective)'이란 3차원을 2차원으로 붙들어 매는 작업이자, 어떤 한 시점에서 물체와 공간의 멀고 가까움을 느낄 수 있도록 하는 도상(圖像)적 방법이다. 당연히 거기에 필요한 것은 일종의 '거리' 감각이다. 멀고 가까움, 그리고 그것에 대한 시선의 배치와 처리가 중요해진다. 언뜻 보아, 이장욱의 장기가 가능한 제목이라고 생각했다.

시인은 폭설이 내리는 겨울 하늘을 바라보는데, 더 정확히는 쏟아지는 "근육질의 눈송이들"이 꿈틀거리는 소리를 내면서 점 점 점 흩어지는 허공을 바라보고 있다. 눈송이의 점멸 과정은 보임과 안 보임, 사라짐과 자라남, 가까움과 멂이 되어, 원근법으로 처리된 상상적 도상으로 모이고 있다. '가까운 눈송이'와 '먼 눈송이'가 결속하면 "완전한 이야기"가 태어난다는 것, 그리고 그 이야기는 "뜨거운 이야기"로 번져가면서 바위와 계란, 사자와 사슴의 강/약, 가해/피해 관계를 전도(顚倒)하는 아름다운 이야기로 구성된다는 것을 시인은 보여준다. 너무 가까우면 안 보이던 것이, 너무 가까우면 "아름다운 이야기"도 지을 수 없던 것이, 사라짐의 잔상을 통해 비로소 "완전한 계절"을 구성하고 '나'는 '너'를 생각하게 된다. 결국 겨울의 원근이 사라지고 '너'를 생각하는 '나'는 자라나는 "사슴의 뿔"처럼, '너'에 대한 생각을 키우게 된다.

이 시편은, 초기시부터 현실과 상상의 경계 자체를 시화하였던 이장욱이 가시와 불가시, 시간과 공간을 혼용하면서 단정하고 박진감 있는 호흡과 문체를 다시 한 번 보여준 우리 시대의 시적 기하학이 아닌가 한다. 이장욱은 우리 시대의, 거의 유일한 의미에서의, 다장르 작가이다. 하지만 여전히 그는 '시인'이다. 나도 그러길 바란다. 우리의 시선이 너무 가까워 보지 못하는 것들을 새로운 원근법으로 배열하고 상상하는 그의 힘을 다시 만나면서, 그러길 더 바라게 되었다.

유성호(문학평론가, 한양대 교수)

선정 이유
'상상력의 복잡성과 새로운 감수성'

어느 하나를 선택한다는 것은 다른 것들을 배제한다는 것을 뜻한다. 그런 의미에서 훌륭한 작품 가운데 단 한 편의 시를 선정하는 일은 곤혹스러운 일이기도 하다. 웹진 『시인광장』 선정 2010 '올해의 좋은 시' 1000편의 시 가운데서 최종 본선에 올라온 10편의 시를 읽으며 이러한 마음이 앞섰던 것은 10편 가운데 어느 하나 쉽게

놓아버릴 수 없을 만큼 애착이 갔기 때문이다. 세 명의 심사위원 각자가 10편 가운데 3편을 고르고 그 가운데 두 표를 얻은 시는 이장욱의「겨울의 원근법」, 조용미의「얼룩」, 송재학의「공중」, 심보선의「나날들」이었으며 최종적으로 끝까지 논의되었던 것은 이장욱과 조용미의 시였다. 두 시인의 작품 모두 독자성과 깊이 면에서 손색이 없는 수작이라는 점에서 그 결정이 쉽지 않았음을 밝혀야 할 듯하다.

논의 끝에 이장욱의「겨울의 원근법」이 제3회 웹진『시인광장』 선정 '올해의 좋은 시' 수상시로 선정되었다. 이장욱 시의 매력은 상상력의 복잡성과 그 복잡성이 증폭시키는 문맥의 애매성에 있다고 생각한다. 다시 말해 그는 산문으로 명료하게 환원할 수 없는 언어의 충돌을 다채롭게 전개하면서 새로운 감수성의 세계로 독자를 이끌어 간다. 독자의 상상력을 긴장시키면서 동시에 적극적으로 참여하게 하는 애매한 새로움. 주목했던 것은 바로 그의 이 같은 복잡하고도 미묘한 감수성이라 할 수 있다.「겨울의 원근법」은 이러한 이장욱 특유의 감수성을 유감없이 보여준 작품으로 판단된다.

엄경희(문학평론가, 숭실대 교수)

겨울의 원근법

이 장 욱

너는 누구일까?
가까워서 안 보여.

먼 눈송이와 가까운 눈송이가 하나의 폭설을 이룰 때
완전한 이야기가 태어나네.
바위를 부수는 계란과 같이
사자를 뒤쫓는 사슴과 같이

근육질의 눈송이들
허공은 꿈틀거리는 소리로 가득하네.
너는 너무 가까워서
너에 대해 아름다운 이야기를 지을 수는 없겠지만

드디어 최초의 눈송이가 된다는 것
점 점 점 떨어질수록
유일한 핵심에 가까워진다는 것
우리의 머리 위에 소리 없이 내린다는 것

나는 너의 얼굴을 토막토막 기억해.
네가 나의 가장 가까운 곳을 스쳐갔을 때
혀를 삼킨 입과 외로운 코를 보았지.

하지만 눈과 귀는 사라졌다.
구두는 태웠던가?

너는 사슴의 뿔과 같이 질주했네.
계란의 속도로 부서졌네.
뜨거운 이야기들은 그렇게 태어난다.
가까운 눈송이와 먼 눈송이가 하나의 폭설을 이룰 때

나는 겨울의 원근이 사라진 곳에서 너를 생각해.
이제는 아무런 핵심을 가지지 않은
사슴의 뿔이 무섭게 자라나는
이 완전한 계절에

이장욱
1968년 서울 출생. 1994년 『현대문학』으로 등단. 시집으로 『정오의 희망곡』
(2006) 등이 있음. 문학수첩작가상, 2010년 올해의 좋은시 상 수상.

ㅁ**고찬규**: 먼저 수상을 축하드립니다. 대학시절 외국문학을 전공하고 등단했는데 그때 이미 독특한 자신만의 시세계를 구축해 가고 있었던 것 같습니다. 오랜 습작 기간이 있었을 텐데 그 시절 혹은 그 이전 (중고교 시절) 가장 많은 영향을 준 시인 또는 작가나 작품이 있다면 소개해주시죠.

■**이장욱**: 고맙습니다. 말씀하신 대로 대학 때는 러시아문학을 공부했어요. 아무래도 오랜 시간 몸담고 있었으니 저도 모르게 몸에 많이 배어 있겠죠. 한때 알렉산드르 블로크나 마야콥스키, 이오시프 브로츠키 등에게서 매력을 느낀 적이 있지만, 진짜 '영향'이란 건 특정한 고유명사가 되지 않은 채 의식 너머에서 작동하는 게 아닌가 싶어요. 아주 천천히, 지속적으로.

ㅁ**고찬규**: 그러고 보니 제가 20대 때 마야콥스키에 관심을 가지게 된 것도 이장욱 시인이 『현대시학』에 번역 소개해 주신 덕이라는 생각이 드네요. 시라는 장르가 예술이라고 생각하시나요? 문학의 여타 장르와 비교해서 말씀해 주셔도 좋고요.

■**이장욱**: 고찬규 시인도 그렇겠지만, 개인적으로 '예술'이라는 단어에는 그리 흥미가 안 느껴집니다. 어쩐지 좀 낯간지러운 단어가 돼버린 것도 있지만, 그 단어에는 대립물들이 너무 많지 않나 싶습니다. 어떤 때는 실용이 예술의 반대말이고, 어떤 때는 실재가 반대말이고, 또 어떤 때는 기술이나 상품, 모조품, 드물게는 삶 자체나 노동 같은 어휘들이 반대말이 되기도 하니까요. 말이 너무 크거나 유연해서 실제로 쓰기에는 재미없는 단어가 돼버린 셈이죠. 물론

시 쪽이 소설이나 다른 종류의 글쓰기보다 소위 '예술'에 가까운 건 사실인 것 같아요. 제 맘대로 기준을 하나 만들자면, 글에 대한 '순간 집중력'이 고도로 필요하다는 점에서 말이죠.

□ **고찬규**: 광주에서의 생활을 들려주세요. 서울 생활과 다른 점도 있을 텐데 어떤가요?

■ **이장욱**: 그리고 보니 고찬규 시인이 전북 출신이군요. 뭐, 생활은 서울에서와 비슷합니다. 집에 있는 시간이 조금 더 늘어난 정도(?) 광주는 서울보다 전반적으로 조용하고 좋습니다. 태어나고 자란 곳이 서울이라 친구들이 다 먼 데 있는 게 좀 서운합니다만. 대학 때 친하던 광주 친구들도 있었는데, 지금은 다 타지에 나가 있더군요.

□ **고찬규**: 가끔 혹은 자주 들르는 까페나 산책로 혹은 개인적으로 추천할 만한 곳이 있으면 소개해주시죠.

■ **이장욱**: 추천할 만한 곳이라고 하기는 좀 그렇지만, 광주극장이라고 충장로 부근에 오래된 극장이 있어요. 돈 안 되는 영화만 상영하는데, 여길 가끔 가는 편이죠. 독립상영관이 다 그렇지만 어려움이 많다고 하던데, 앞으로도 계속 운영되었으면 좋겠습니다. 서포터라도 해야겠어요.

□ **고찬규**: 영화를 좋아하는 걸로 알고 있습니다. 한 달 평균 몇 편정도 감상하시는지요? 또 영화의 어떤 점에 매력을 느끼시는지요?

■ **이장욱**: '마니아'는 아니고, 그리 많이 보지도 못합니다. 영화 볼 때마다 느끼는 것이지만, 마지막에 크레딧이 올라갈 때는 참 놀랍다는 생각이 들어요. 이토록 많은 사람들이 이 한 편의 '이야기'를 위해 동원됐다는 건데, 글쓰기에 비하면 경이롭다는 생각이 드는

거죠. 영화라는 게 그래서 매력적이기도 하겠지만, 그렇기 때문에 안 좋기도 한 것 같습니다. 부자유스럽고 불편하고 타협해야 할 것도 많고 그럴 테니까요. 저야 관객 입장이니까 아무래도 영화 특유의 시청각적 매력 때문에 끌리고 보게 되고 그렇습니다만.

ㅁ**고찬규:** 2년 전쯤 한여름에 문예지를 통해 발표한「겨울에 대한 질문」의 서늘하고도 아득한 감동을 기억하고 있어요. 대체로 이장욱 시인에게서는 구름의 산책 같은 몽환적이면서 느릿한 시편이 먼저 떠오르는데「겨울의 원근법」은 역동적이에요. 그러고 보니 맞다!「인파이터」였던가, 그런 시도 있었죠.

■**이장욱:**「인파이터」는 꽤 오래된 시군요. 개인적으로는 몽환적인 것보다 명료한 것에 가까울 때의 느낌을 좋아합니다. 명료하다는 게 그냥 의미가 단순하고 투명하다는 게 아니라, 어떤 이율배반이나 이질혼재가 있어서 이게 사람의 내면이나 세계의 실재를 정확히 찌른다고 느낄 때 매력을 느낍니다. 니체 식의 도끼보다 바늘에 가깝다고 할까요. 다르게 말하면, 명료함에도 불구하고 언어화되기 어려운 것, 하지만 그렇게 말할 수밖에 없는 어떤 것의 긴장이 느껴질 때가 좋아요.

ㅁ**고찬규:** 시 속에 '나'와 '너(당신)' 그리고 '그' 같은 단어가 수없이 등장합니다.

■**이장욱:** 개별 시편들마다 '나' '너' '그' 같은 인칭들이 다른 함의와 위치를 갖는 듯해요. 이 시의 '너'는 저 시의 '너'와는 다른 존재라고 할까요. 거기서 어떤 특성 같은 걸 추출해서 일반화할 수는 있겠지만, 개인적인 느낌은 그렇습니다.

ㅁ**고찬규:** 저도 그렇지만 적잖은(?) 독자들이 가장 궁금해 하며 기

대하는 건 다음 시집일 것 같습니다. 지면을 통해 활발히 작품 활동을 하셨고『내 잠 속의 모래산』『정오의 희망곡』이 4년 주기로 출간됐는데, 올해 안에 세 번째 시집을 기대해도 될까요?

■ **이장욱**: 올해는 아니고 내년 여름쯤 나올 듯해요.

□ **고찬규**: 끝으로, 분명 찾아 읽고 찾아 듣고 찾아볼 독자들을 위해서 책 몇 권, 노래나(아티스트도 좋고) 음반 몇 장, 그리고 영화도 몇 편 추천 부탁합니다.

■ **이장욱**: 귀가 무딘 편인데, 얼마 전까지는 스파클호스라는 밴드 음악을 가끔 들었어요. 최근 본 영화 중에는, 취향과는 좀 다르지만 〈클래스〉가 인상적이었습니다. 우리나라 교실에는 저런 혼돈과 괴로움이 필요하겠다는 생각을 강하게 했어요. 대학까지 포함해서 말이죠.

□ **고찬규**: 다시 한 번 축하드리며 좋은 말씀 감사합니다.

고찬규 시인

1969년 전북 부안에서 출생. 경희대학교 국어국문학과 졸업 및 同 대학원 수료. 1998년『문학사상』을 통해 등단. 시집으로『숲을 떠메고 간 새들의 푸른 어깨』(문학동네, 2004)가 있음.

안녕 나의 외계인 아기

강 성 은

　배가 공처럼 동그랗게 부풀어 올라 병원에 갔다 나는 병실 침대에 누워 있었고 의사는 아기가 나올 모양이라고 했다 임신이라뇨 그럴 리가 없는데 의사는 사무적인 말투로 아직 나오려면 멀었으니 기다리라는 말만 하곤 간호사를 데리고 사라졌다 나는 순간 공처럼 둥근 내 배가 조금 무서워졌다 그리고 아이의 아빠가 누군지 기억나지 않아 두려워졌다 지난밤 외계인에게 납치되기라도 한 걸까 이렇게 순식간에 배가 불러오다니 그러는 사이에도 배는 점점 더 불러왔다 외계인 아기가 나올까 봐 나는 무서워 울부짖었다 달려온 의사는 귀찮다는 듯 그럼 지금 수술을 해서 떼 내어 버리자고 말했다 나는 그 의사가 더 무서웠다 메스를 들고 내 배를 툭툭 건드리고 있었다 순식간에 침대에서 벌떡 일어선 나는 밖을 향해 달렸다 뒤에서 의사와 간호사들이 소리를 지르며 쫓아왔다 나는 달리면서도 점점 배가 불러왔다 걱정 마라 내 아기 네가 외계인이라도 나는 너의 엄마가 되어줄 테니 나는 배를 만지며 울먹였다 병원 문을 나서는 순간 내 두 발은 공중으로 붕붕 날아가는 것 같았다 세상에 내 뱃속에 아기가 들었는데 이렇게 가벼울 수 있다니 나는 조금씩 더 위로 공중으로 올라가고 있었다 나는 풍선처럼 떠올랐다 세상에 내 뱃속에 있는 너는 외계인이 틀림없구나 나는 내 아기의 별에 도착해 뻥 하고 터질 것이 분명해 그러나 이상하게 내 마음도 몸처럼 가벼워졌다 하늘 위에서 아래를 보니 불빛이 서서히 켜지는 저녁의 도시

도 아름다워 보였다 안녕 지구 나는 이제 다른 별로 간다 어둠 속에
서 달이 내 손을 슬며시 끌어당겼다

계간 『한국문학』 2009년 겨울호

강성은
1973년 경북 의성 출생. 2005년 『문학동네』로 등단. 시집으로 『구두를 신고 잠이
들었다』(2009)가 있음.

바람의 금지구역

강영은

바람의 행보는 벼랑을 넘으면서 시작된다 관계의 사이에 서식하는,
사랑합니다, 사랑합시다, 라는 종결형 어미에 대하여 대답하는

행간에 머리를 들이민 바람의 눈에 아직 발견되지 않은 문장은 마
른 풀 쓸리는 벌판, 수백만 마리의 새떼가 날아가는 장면은 그 다음
에 목격된다

고도 높은 울음이 통과할 때마다 피기를 반복하는 북북서의 허공
을 바람은 꽃으로 이해한다 사타구니를 오므렸다 펴는 바람의 편집
증에 대하여 여러 번 죽어 본 새들은 안다

허공은 날개가 넘어야 할 겹겹 벼랑이라는 것을,

서녘 하늘에 붉은 꽃반죽이 번진다 허공에서 베어 나온 꽃물이라
고, 당신은 바람의 은유를 고집한다 내가 잠시 벼랑 너머를 바라본
건 그때였을 것이다

금지된 허공을 넘은 새들의 무덤이 벼랑 끝에 걸려 있다 바람은 벼
랑을 끝내 읽지 못한다

격월간 『시를 사랑하는 사람들』 2009년 1~2월호

강영은
1956년 제주 출생. 2000년 『미네르바』로 등단. 시집으로 『녹색비단구렁이』
(2008) 등이 있음.

선장힐책(禪杖詰責)*

강 희 안

　한양의 개신교 장로인 제후가 수로 사업에 부심하다가 불가의 종단을 방문했다 그가 방문한 사찰의 주지는 신비로운 행적과 도력으로 세간에 널리 알려진 선사였다 스님이 그와 면대하기 위해 암자별당에 들자 주위의 노승은 물론 고위급 관료들까지 모두 기립했다 그 가운데 제후만은 그 자리에 턱 버틴 채로 스님을 맞이했다 이를 본 스님은 너털웃음을 날리면서 "그대는 나에게 무얼 부탁하러 와서도 왜 일어서지 않는 게요?"라고 물었다 그러자 그 제후는 눈을 지그시 감은 채 "물길에 서는 것은 죽는 것이며, 물길에 죽는 것이 사는 일입니다" 하고 선문답 한 소식 던지는 것이었다 이에 스님은 당간지주 옆에 세워 둔 선장을 집어 들더니, 제후의 머리를 힘껏 내리쳤다 그 순간 제후는 "아니 왜 이러시는 겁니까?" 하고 버럭 주먹이라도 들이댈 기세였다 그러나 스님은 엷은 미소를 지으며 "그대를 때리는 것은 지팡이였지만, 지팡이는 원래가 때리는 게 아니지요 예수님께서도 크고자 하면 남의 말씀을 섬기라고 하지 않으셨던가요?" 하고 능연히 화답하며 자리를 뜨는 것이었다

　아무도 이 일화를 기록하는 이가 없으므로 시로써 지어 남긴다 저간의 사정에 따라 스님과 제후의 함자는 여기에 밝히지 않는다

* '스님의 지팡이로 잘못을 꾸짖는다' 는 뜻

월간 『현대시』 2009년 10월호

강희안
1965년 충남 대전 출생. 1990년 『문학사상』으로 등단. 시집으로 『나탈리 망세의 첼로』(2008) 등이 있음.

감염

고 영

바람이 아파서 바람이 분다고
저 헐벗은 목련나무가 아파서 목련꽃이 핀다고
엄마가 아파서 내가 아프다고

뜬눈으로 밤을 새우고 아침이슬에 발을 적신다
마음마저 젖는다
함께, 아프지 못해서 더욱, 미안한 몸으로
병원 잔디밭을 걷는다

잔디밭 끝 우거진 나무들 사이로 희미하게 영안실이 보인다

저긴, 울음 공장이야!

병원의 나무들이 죄다 말라 있는 건
슬픔에 감염됐기 때문이라고
너무 울어서 속이 다 비었기 때문이라고
정말 그러니, 새야?

가만히 들어보니
나무에 앉아 우는 새들도 목이 다 쉬었다
허공에 하얗게 떠있는 잎사귀들

새들의 눈물이 발라져 있는 잎사귀 물결들
반짝거린다

월간 『현대시학』 2009년 6월호

.

고 영
1966년 경기도 안양 출생. 2003년 『현대시』로 등단. 시집으로 『산복도로에 쪽배
가 떴다』(2005)가 있음. 2010년 질마재문학상 해오름상 수상.

브롱크스 장터를 간 시인
― 뉴욕의 P에게

고 형 렬

한 마리 날개 달린 수탉이 퍼덕이고 있었다 철망 안에 혼자 남았다 친구들은 다 팔려갔다 오늘 아침, 여럿이 나왔었다

한 남자는 신문을 접어들고 어슬렁, 저쪽에서 다가온다 유색인종이다 앞에서 멈춘다 이 기억은 죽음이 늦어지고 있던 이미 죽은 자의 전생의 문자다

한 남자는 앞에 다가가 앉는다 수탉이다 볏은 피멍이 들고 발톱은 늙었다 추억만 남았다 그는 장터에 뭘 사러 온 게 아니었다 생명 같은 것을 살 생각은 더더욱 없다 이것은 뒤에 미소짓고 앉은 주인의 대뇌피질의 움직임

근육질의 날개를 덮고 있다 놈은 빤히 남자의 눈을 들여다본다 깃털이 화려하고 붉고 검다 인간보다 더 빨간 눈, 서로의 운명은 어떻게 할 수 있는 것이 아니라고 별처럼 반짝인다 이건 한 남자의 기억이다 인간과 수탉은 소통되지 않는다 그때 수탉은 그의 시전문 잡지를 엿본다 수탉도 영문을 읽을 줄 안다는 것을 남자는 모르고 있다 수탉이 꾸르륵 하고 가래 소리를 냈다 마치 개가 짖으려는 듯, 그 소리는 창자 속으로 사라지고 말았다

등 뒤에서 큰 영어 소리가 들렸다 저놈 주세요 수탉의 영혼이 쳐다본 마지막 말

남자는 십분을 남쪽으로 걸어갔다 버스를 타고 전철로 갈아타고 또
걸어 돌아왔다

집 안에 방문과 냉장고와 책 따위가 서 있다 문을 여는 순간, 갑자
기 눈에서 눈물이 떨어졌다 받을 겨를도 없이 바닥으로 떨어지는
눈물, 어른거렸다 도시가 캄캄하다 스위치와 등은 연결되어 있다
도시는 방의 안쪽 같았다

브롱크스 장터는 흐렸다 멀리서 눈이 날아오는 것 같았다 도시가
낮아졌다 그 너머 마천루도 바다도 브롱크스 장터 너머였다 타자의
상상도 지워진다

아직도 장터의 한낮이었다

계간 『창작과 비평』 2009년 가을호

고형렬
1954년 전남 해남 출생. 1979년 『현대문학』으로 등단. 시집으로 『나는 에르덴조
사원에 없다』(2010) 등이 있음.

마다가스카르가 떠다닌다

권 혁 웅

아파트처럼 외로워졌을 때 어머니는 아파트를 잃었다

그 집은 오래도록 골다공증과 협착증을 키워왔다

마다가스카르는 9,000만 년 전에 인도와 헤어졌고

1억 6,500 만 년 전에는 아프리카와 갈라섰다

추간판 하나를 떼어내자 대륙이 찢어지며

탕가니카, 말라위, 빅토리아 호가 생겨났다

호수들은 마다가스카르가 두고 온 체액이기도 하다

바오바브나무, 여우원숭이, 텐렉, 잘못 선 보증이

죄다 어머니 슬하다 마다가스카르가 떠다닌다

계간 『미네르바』 2009년 가을호

권 혁 웅
1967년 충북 충주 출생. 1997년 『문예중앙』으로 등단. 시집으로 『그 얼굴에 입술을 대다』(2007) 등이 있음. 현대시동인상 수상.

글자들 옆을 지나갔다

권 현 형

골목 안에 대낮이 있다 축구 중계방송이 있다 낮에 일하지 않고 제
정신으로 축구 경기를 보는 취하지 않은 자가 저 안에 들어 있다 그
는 좋아하는 경기가 끝나면 선술집으로 갈 것이다 신리교 밑에서
거지를 데려와 라면을 끓여 먹일 것이고 휘발유로 가난한 장판을
태울 것이다 책상 앞에 앉아 있지 않는다고 길게 땋은 머리꽁지를
꽁치꼬리처럼 잡아당길 것이고 낡은 전축을 소리가 찢어지도록 틀
어 놓을 것이다 아아 산이 막혀 못 오시나요

　ㄱ.ㄴ.ㄷ.ㄹ.ㅁ.ㅂ.ㅅ.ㅇ 거기까지 배운 글자를 필통에 담았다 여
덟 개의 글자들이 달그락 달그락 소리를 냈다 이응 이후는 몰라서
배가 아팠다 가슴에 가제 손수건을 매달고 코를 흘리며 첫 입학하
던 날 불안을 책가방에 넣고 〈전봇대〉 옆을 〈점방〉 옆을 〈해안선〉 옆
을 쓸 수 없는 글자들 옆을 지나갔다 〈사철나무 울타리〉 옆을

계간 『시안』 2010년 봄호

권 현 형
1966년 강원도 주문진 출생. 1995년 『시와 시학』으로 등단. 시집으로 『중독성 슬
픔』(2010) 등이 있음. 미네르바작품상 수상.

너라는 소문

길 상 호

　고로쇠 호스를 혈관에 꽂고 오늘은 나무의 맥박으로 눕고 싶어, 수천 개 푸른 귀를 달고도 너의 말에 넘어지지 않는 뿌리가 필요해, 가지에 가지를 친 너의 말들을 가지마다 찾아가 가만히 푸른 손으로 틀어막겠어, 그래도 근원을 알 수 없는 말들은 나이테 두루마리에 차곡차곡 새겨놨다가 죽어서도 가져가겠어, 스스로 속을 파내고 관이 되어 거기 부장품처럼 너의 말들 안치할 거야, 밤마다 유리창에 흔들리는 나무 그림자 때문에 너의 잠도 편치 않겠지, 나를 꺾고 싶은 너의 바람, 그렇게 강도를 낮춰도 소용이 없어. 내게는 온몸에 박아둔 낚시바늘이 있거든, 가지 끝 푸른 미끼를 무는 순간 파르르 너의 말들은 낚이게 될 거야, 그러면 너는 온통 푸르게 변한 내 얼굴과 마주해야 해, 조심해! 그 말의 주인공이 너라는 소문이 있어!

계간 『시작』 2009년 겨울호

길상호
1973년 충남 논산 출생. 2001년 한국일보 신춘문예로 등단. 시집으로 『모르는 척』(2007) 등이 있음. 현대시동인상, 천상병시상 수상.

천동설

김 경 미

낮 동안 지구는 네모난 거다
가장자리에는 낭떠러지 절벽이 있어
가다보면 아득히 떨어지기도 하는 거다
눈물도 직사각형이어서
흘릴수록 손등 붉어지다가

그 네모진 동백꽃

구부려 흐린 발을 씻을 때 비로소
등을 따라 가장자리 둥그러지고
손등의 붉은 상처도 백열전구 켠 듯 환해지고
수그린 이마를 중심으로 별자리도 조금씩 이동하기 시작하는 것
침을 뱉을 듯이
하루를 버틴 발을 씻으라고
저녁이면 비로소
지구는

저무는 세숫대야에 띄워진 수련처럼 둥글어지는 것
흔들리는 부레옥잠처럼
물속, 바닥 없이도 뿌리를 내리는 것

계간 『시에』 2009년 여름호

김 경 미
1959년 서울 출생. 1983년 중앙일보 신춘문예로 등단. 시집으로 『고통을 달래는 순서』(2008) 등이 있음.

미술시간

김 경 인

나는 기다리지
내가 쏟은 초록물감이 다 마를 때까지

풍경이 사월의 창문에 갇혀 더 이상 늙지 않도록
네가 그린 그림 속 여자의 잘린 두 발이 파릇파릇 새로 돋을 때까지

이파리가 뿌리로부터 두 배의 보폭으로 달음박질치는 계절
바람은 때때로 불고 얼굴은 조금도 달라지지 않는데

나는 기다리지
얼어붙은 수면 아래 아무도 모르게 썩어가는 나무토막처럼

빨강처럼, 초록처럼, 파랑처럼, 보라처럼, 아니 검정처럼
턱없이 모자라거나 남아도는 빛깔들이 나를 완벽하게 망쳐놓을
때까지
중얼거림밖에 모르는 사람이 스스로 부서질 때까지

머릿속 주머니쥐는 늘 마지막이라고 말하지
미로를 찾을 색실은 끊어진 지 오래인데

네가 그린 이파리들이 나를 뒤덮고 돋아나는데
영 모른다는 듯 나는 악착스레 자라나는데

영원히 끝나지 않는 이야기를 갖고 싶어
수은에 중독된 거울 속 물고기처럼 뒤틀린 채로 유유히 헤엄치면서

내일 손가락은 어느 방향으로 자랄까
네가 버린 물감이 빛나는 이름을 지우며 흑백 세계의 언저리에서
똑똑 떨어지는데

활짝 핀 바이올렛 꽃잎을 갉아먹는 진딧물처럼
목구멍을 뚫고 솟아오르는 시간의 억센 가지를 가위질하며

나는 떨리는 손으로 붓을 든다
폐허를 나뒹구는 구리바퀴가 가까스로 그리는 궤적을 위해
노을빛을 디디며 간신히 일어서는 세계의 텅 빈 눈동자를 똑바로
바라보면서

월간 『현대시』 2009년 6월호

김경인
1972년 서울 출생. 2001년 계간 『문예중앙』으로 등단. 시집으로 『한밤의 퀼트』
(2007)가 있음.

개명(改名)

김 경 주

오래 전 문득

개명을 하고 작명집을 나오는 사람의 표정이 궁금한 오후가 있었다

그때 저녁은 빈 교실 칠판에 분필로 북북 흩어놓던 새 떼 같은 거
그때 기별은 점집 무녀가 사람들이 버리고 간 죽은 이름들을 하나
하나 불러보는 거

오래 전 문득
가계(家系)에 없는 언어로 개명한 후
묵은 이름을 잊기 위해
그 이름을 구름으로 옮기고 있을 때

어느 문장 속에 떠오르던 내 무덤도 있었다
그러나 그 무덤의 이름이 끝끝내 생각나지 않았다
그 곡해를
내 피로 흩어진 한 짐승의 동요(童謠)라고 불렀을 때
그때 그 동요(童謠)는
자신을 떠난 한 짐승의 숲이 되었다

저녁에 흰 뼈가 드러나는 바람과 함께
나는 묻힐 것이다 수십 개의 이름으로

살고 있는 단 하나의 곡마단을 생각해 이 이름을 사용하고 잠든 날
엔 저녁 무렵에만 깨어나기로 하고, 이 이름을 잊은 날엔 저녁으로
만 만들어진 물병을 뒤집어놓고, 발등에 그린 새의 피를 빼내다가
잠들기로 한다

태어나서 처음으로 해본 저녁의 개명은
분필로 혼자서 칠판에 북북 흩어놓던 새 때의 분진 같은 거

아무도 모르는

사이

조금씩 바닥에 가루로 흘러내린
그 모래의 이름을 이제
나는 쓸 것이다

나의 가계엔 내 피가 안 통하는 구름이 있다

계간 『창작과 비평』 2009년 가을호

김경주　　1975년 전남 광주 출생. 2003년 대한매일(현 서울신문) 신춘문예로
등단. 시집으로 『나는 이 세상에 없는 계절이다』(2006) 등이 있음. 김수영문학상,
오늘의 젊은예술가 문학부문상 수상.

정물의 세계

김 경 철

1
소음의 세계가 사라지고 정물의 세계로 걸어 올라간다.

산정에서 본 도시는 유령 같다.

그 많던 사람들은 보이지 않고
보이는 것은 건물뿐이다.
나무 하나하나가 보이고 숲의 세계가 보이지 않는다. 나는 사라진다.

2
산정과 도시의 거리가
매화나무가 그려진 꽃병과 나의 거리다.

소음과 정물 사이에 거리를 나는
매화나무가 그려진 꽃병과 나 사이에서 본다.

혹 매화나무가 그려진 꽃병으로 걸어 들어가면
이 세계도 조화분청이 될까.

보이지 않던 세계가 보이고 보이던 세계가 보이지 않는다.

정물의 세계는 아늑하다. 두루마리구름이 흐르고 마흔 일곱 계단
을 밟고 내려온 빛과 강물이 하프를 연주하고 가끔씩 사람들이 나
타났다 사라진다. 내가 사랑했던 한 여자가 나타났다 사라지고 내

가 나타났다 사라진다. 세계는 사라지고 나타나기를 반복한다. 나는 정물의 세계에서 정물의 세계를 징검다리 밟듯 건넌다. 징검다리 사이로 세찬 물살이 흐르고 우리는 그 물살을 건넌다.

걷는 발걸음의 속도가 이 세계를 본다. 빠른 자는 느린 세계를 보지 못하고 느린 세계에 사는 자는 빠른 세계를 보지 못한다. 우리를 가리고 있는 장벽은 속도와 거리에서 발생한다. 속도가 만들어낸 정물의 세계는 거리와 함께 시시각각 달라진다.

정물의 세계로 사라진 사람들은 정물의 세계로 등산을 마치고 나온다.

3
매화나무가 그려진 꽃병으로 걸어 들어가기를 나는 주저한다.

세계는 흰 유약으로 발라진 바탕에 매화나무가 전부다.
귀얄 붓으로 그려진 이 세계는 알 수 없다.
아무것도 모르는 세계는 늘 두렵고 설렌다.

사람이 사람에게서 멀어지면 인상(印象)의 세계가 된다.
내 기억은 인상화석(印象化石)이 된 매화나무다.
매화 꽃잎이 떨어지고 나는 바람이 내뱉은 무언을 듣는다.

말을 잊고, 사회적 약속을 잊고, 내가 사랑했던 모든 사람들을 잊었다. 내가 아는 모든 것들을 내가 알지 못한 세계에서 버렸다. 아니 잊었다. 너무 오랜 세월이 매화나무 한 그루만을 봤다. 나는 인상(印象)의 세계를 빠져나오지 못 할지 모른다. 고요와 정적이 정물의 세계를 보호한다.

내가 잊었던 세계가 정물이 된다.
매화나무 그려진 꽃병에서 본 이 세계는 말 없다.

계간 『열린시학』 2009년 겨울호

김 경 철
1974년 인천 부평 출생. 2005년 『내일을 여는 작가』로 등단.

늙은 지붕 위의 여우비처럼

김 륭

속절없이 늙은 닭, 다리만 수거해왔어요. 몸통은 어디로 배달되었는지 날개는 큰길 건너 아파트 몇 층으로 날아올랐는지 붕붕거리는 오토바이 꽁무니 가득 매달린 달은 오늘도 달걀 대신 계단을 낳고 입 안 가득 쌓이는 오리발

키스가 병뚜껑처럼 오므라지는 날이에요. 맥주 대신 콜라를 마시면서 속이 시꺼매 다행, 이라고 중얼거린 말이 그녀 가위질 당한 짧은 스커트 밑을 구르며 오소소

태어나는 순간 싹둑, 잘린 것은 탯줄이 아니라 꼬리였는지 몰라요. 매번 기차보다 심하게 몸을 덜컹거렸지만 날개를 꺼내진 못했죠. 바람은 쿡, 쿡쿡 썩은 나뭇가지로 제 눈이라도 찔러 뿌리를 내리고

몸과 함께 태어나지 못한 시간들의 혼잣말인줄 까맣게 몰랐죠. 처음엔 닭 가슴살 같았죠. 때론 소리 없이 늙은 악기처럼 우물쭈물 전생을 떠올리기도 했어요.

달을 달걀처럼 깨뜨려보고 싶은 밤이에요. 못 견딜 정도로 외롭진 않았지만 지루했겠죠. 천식을 앓는 아버지 아랫도리와 함께 썩히지 못한 야생의 날들을 지키는 어머니처럼, 썩은 이빨을 금으로 덮어 씌우는 일이었죠.

혀라도 깨물어야겠어요. 반짝, 늙은 지붕 위로 던진 사랑니 하나로도 흑기사를 불러낼 수 있을지 몰라요. 오리발 하나에 꼬리가 백 개

인 여우 한 마리, 그녀는

아직 완성되지 않았죠. 짝짓기가 아니에요.

사랑은 자작극이죠.

월간 『현대시』 2009년 6월호

김륭
1961년 경남 진주 출생. 2007년 강원일보 신춘문예(동시)와 문화일보 신춘문예로
등단. 불교문학 신인상, 김달진문학제 월하지역문학상 수상.

복사꽃 매점

김 명 인

유리문을 반쯤 젖혀놓고 젊은 여자가
문턱 밖으로 분홍 꽃술들을 내다놓고 있다
화창한 봄날인데 손님이 없는지
볼이 바알간 너댓 살 계집아이가 제 엄마
치맛자락 붙들고
선반 위의 구름과자 내려달라고 조르는 중이다
만화경 속을 들여다보는 것은 옛날의 버릇!
울긋불긋 다홍이 잔뜩 진열된 매점 안으로
없는 아이가 손을 끌어서 함께 기웃거리는데
막 걸러놓은 듯 오늘의 꽃술향기
십리 저쪽 닷새 장은 어느새 파장인지
장꾼들이 저녁을 둘둘 말아 지고 어둑하게
매점 앞을 지나간다
이것저것 잡동사니로 쳐도
아직은 팔 것 지천인 복사꽃 매점

월간 『현대시』 2010년 5월호

김명인
1946년 경북 울진 출생. 1973년 중앙일보 신춘문예로 등단. 시집으로 『파문』
(2005) 등이 있음. 이형기문학상, 대산문학상 시부문 수상.

기타소리 딩딩

김 미 정

나는 미운 오리가 되었고
아빠는 안데르센 동화책을 사오셨다

태양이 머리 위로 날아다니는 날들
바람이 유리창을 들락거리는 사이
손가락 끝이 붉게 물들었다

친구들은 내 이름을 부르지 않았고
동생들은 잘 먹지도 못하는
세상에서 제일 매운 떡볶이를 해달라고 졸랐다

엄마가 뒤집어 쓴 이불 속에서
비밀들이 무성해지는 동안
기타소리 딩딩

어른들은 약속을 지키지 않았고
동생들은 약속을 몰랐다

아빠는 매일 밤 푸르스름한 턱으로
사과 세 알과 동화책 한 권을 사오시고
화분들이 하나 둘 베란다를 떠났다

우리 가족은 사과를 반쪽씩 나눠 먹으며
가운데 있는 씨를 화분에 뱉었다

날마다 기타소리 딩딩
아파트 계단은 점점 길어졌고
빨간 사과가 주렁주렁 열리길 기다렸다
까칠한 수염은 내 이마를 간질이며 천천히 자랐다

월간 『현대시』 2009년 10월호

김미정
2002년 『현대시』로 등단. 2009년 『시와 세계』여름호 평론으로 등단.

진홍빛 폐허

김 백 겸

 쇠창살로 된 아파트난간을 넝쿨장미는 보아뱀이 먹이를 허리로
감아 죽이듯이 올라갔다
 쇠창살과 넝쿨장미는 틈이 없는 마야신전의 돌담처럼 어떤 기술
의 간섭도 허락하지 않는 밀착을 보였으나, 물과 기름처럼 다른 상
황들이 공간에 뿌리를 내리고 있는 상상이 나를 괴롭혔다

 아파트 쇠창살과 넝쿨장미의 불편한 인연을 용접하기 위해서는
어떤 불길이 필요할까

 쇠창살은 금속의 제련과 성형을 거친 문명의 디자인
 넝쿨장미는 대지의 뿌리에서 올라온 DNA의 디자인
 건너 뛸 수 없는 경계선이 만년빙하의 크랙처럼 디자인의 건축에
있었다

 태초의 특이점으로부터 수조도의 빛이 식어서 물질과 시공간이
만들어졌다는 과학자들의 상상이 다시 나를 괴롭혔다
 태초에는 쇠와 목숨의 재료가 같았기 때문이었다
 사랑의 완성이란 너와 나의 구분이 없는 무의식의 시간으로 돌아
가는 일이었다

 황혼이 오면서 넝쿨장미의 얼굴이 더욱 붉어지고 쇠창살은 어둠
에 몸을 담구었다
 진홍빛 폐허가 곧 무너질 사원의 기둥처럼 저녁의 한순간을 붙들
고 있었다

심연에 있다가 수면위로 나온 괴물처럼 하늘의 달이 내 서늘한 심
장을 지나갔다

월간 『현대시학』 2009년 11월호

김 백 겸
1953년 충남 대전 출생. 1983년 서울신문 신춘문예로 등단. 시집으로 『비밀정원』
(2008) 등이 있음. 대전시인협회상, 충남시인협회상 수상.

총체적 즐거움

김 산

오늘은 말랑말랑 눈이 와서 즐거울 것

내일은 떠난 애인에게 편지를 쓸 것

오늘 나는 임시정부처럼 조금만 쓸쓸할 것

내일 나는 가면을 쓰고 연회에 갈 것

음악 사이로 당신은 튕겨져 나갈 것

그리고 당신은 나와 같이 울려 퍼질 것

알래스카 알래스카는 따뜻할 것

사람들은 매일매일 파릇하고 화창할 것

둥글게 모여 춤을 추다가 긴 잠을 잘 것

모든 것은 정지하고 정진하고 정치할 것

격월간 『정신과 표현』 2010년 1~2월호

김산
1976년 충남 논산 출생. 2006년 제9회 『시인세계』로 등단. 2006년 문장 공모마당
연간 최우수상 시 부문 수상.

너도밤나무

김 상 미

언제나 나는 진심을 다해 사랑하고 미워하고 살고 또한 죽었습니다. 하늘 아래 새로운 것 없다는 걸 알기에 아침마다 울리는 생의 팡파르에 지난날의 먼지로 분탕질하지 않았으며 분수에 맞지 않는 새로움을 찾아 헤매며 쓰디쓴 가면을 쓰지도 않았습니다.

떠나간 사랑에 연연해하며 노하지도 않았으며 쓰라린 사람들의 마음에 진부한 동정의 깃발도 꽂지 않았습니다.

나는 그저 걸어갔습니다. 걷기만 했습니다. 우거진 푸른 숲 사이로 보이는 하늘과 가파른 산길에 정답게 쭈그려 앉은 바위와 유쾌한 산들바람에 엽서같이 작은 내 몸을 맡겼을 뿐입니다.

하늘 아래 새로운 것 하나 없어도 날마다 깨어나 웃는 내가 고맙고 반가워 진심을 다해 나를 돌보았습니다. 정말 그리운 사람들은 모두 세상을 떠났지만 마음만 먹으면 당장 그들 곁으로 달려갈 수 있기에 하나도 조급해하지 않았습니다.

나는 그저 다른 사람에게는 아무짝에도 쓸모없는 내 진심만을 교실에 남아 공부하는 학생처럼 또박또박 복습하고 또 복습했습니다. 하루하루가 힘겹고 하루하루가 불안했지만 그래도 나는 즐겁게 웃으며 나를 돌보았습니다.

모든 것이 헛되고, 헛되다고 비웃지 마십시오. 온 힘을 다해 웃는 내 마음 안에는 아직도 별들이 총총합니다. 그 외롭고 선한 기운 따라 어두운 지구 위 엽서같이 작은 나를 찾아오십시오. 그 곁에 고향처럼 아주 오래된 너도밤나무 한 그루 환하게 불 켜고 서 있을 겁니다.

월간 『현대시학』 2010년 4월호

김상미
1957년 부산 출생. 1990년 『작가세계』로 등단. 시집으로 『잡히지 않는 나비』(2003) 등이 있음. 박인환 문학상 수상.

비밀의 화원

김 소 연

겨울의 혹독함을 잊는 것은 꽃들의 특기,
두말없이 피었다가 진다

꽃들을 향해
지난 침묵을 탓하는 이는 없다

못난 사람들이 못난 걱정 앞세우는
못난 계절의 모난 시간

추레한 맨발을 풀밭 위에 꺼내놓았을 때
추레한 신발은 꽃병이 되었다

자기 모습을 상상하는 것은
꽃들의 특기, 하염없이 교태에 골몰한다

나는 가까스로 침묵한다
위험한 사랑이 잠시 머물렀다 떠날 수 있게

우리에게 똑같은 냄새가 났다
조약돌들이 요란한 소리를 냈다

월간 『현대문학』 2010년 6월호

김소연
1967년 경북 경주 출생. 1993년 『현대시사상』으로 등단. 시집으로 『눈물이라는
뼈』(2009) 등이 있음.

기하학적인 삶

김 언

미안하지만 우리는 점이고 부피를 가진 존재다.
우리는 구이고 한 점으로부터 일정한 거리에
있지 않다. 우리는 서로에게 멀어지면서 사라지고
사라지면서 변함없는 크기를 가진다. 우리는 자연스럽게
대칭을 이루고 양쪽의 얼굴이 서로 다른 인격을 좋아한다.
피부가 만들어 내는 대지는 넓고 멀고 알 수 없는
담배 연기에 휘둘린다. 감각만큼 미지의 세계도 없지만
3차원만큼 명확한 근육도 없다. 우리는 객관적인 세계의
명백하게 다른 객관적인 세계를 보고 듣고 만지는 공간으로
서로를 구별한다. 성장하는 별과 사라지는 먼지를
똑같이 애석해하고 창조한다. 우리는 자연으로부터 나왔지만
우리가 만들어 낸 자연을 부정하지 않는다. 아메바처럼
우리는 우리의 반성하는 본능을 반성하지 않는다.
우리는 완결된 집이며 구멍이 숭숭 뚫려 있다.
우리는 주변 세계와 내부 세계를 한꺼번에 보면서 작도한다.
우리의 지구가 어디에 있는지 모른 채 고향에 있는
내 방을 한 치의 오차도 없이 찾아간다. 거기
누가 있는 것처럼 방문을 열고 들어가서 한 점을 찾는다.

월간 『현대문학』 2009년 1월호

김언
1973년 부산 출생. 1998년 『시와 사상』으로 등단. 시집으로 『소설을 쓰자』(2009)
등이 있음. 미당문학상 수상.

믹서

김영미

원산지에 따라 생육사가 다른
각양각색의
과일들
믹서에 넣는다

스위치와 함께 눈 깜짝할 사이
격동의 한 세기가 몰려온다
굉음을 울리며
칼날의 검은 회오리 속으로 빨려든다
꿈결처럼
빨강과 초록, 극좌와 극우가 손을 잡고
주황과 연두,
중도와 보수가 섞인다
과육 속 붉게 영근 따가운 햇살이 섞이고
지중해의 염분과
아열대를 적시는 오후의 소낙비
몬순의 당도가 섞인다
기적처럼
껍질과 알맹이의 근원적 대립이 몸을 풀고
열 번의 만남과
스무 번의 헤어짐
마침내 모든 입자가 하나로 어우러진다
꿈결 같은
탁자 위, 한 잔의 코스모폴리턴!

원심분리 되지 않는
그대와 나
믹서에 넣는다
뼈와 몸뚱이
비극처럼 회오리처럼
ON OFF ON OFF

계간 『애지』 2010년 여름호

김영미
부산 출생. 1998년 『시와사상』으로 등단. 시집으로 『비가 온다』(2004)가 있음.

화요일 밤의 자동기술법

김 영 찬

업그레이드라는 이름을 가진 물고기가 있다
(왜 하필 업그레이드라는 이름인가)
다운로드라는 이름을 가진 일종의 도요새가 있다
(왜 하필이면 다운로드인가)
우연찮게(내심 작심한 듯 서로 짜고…,) 둘이 모래톱에서 만나
삐죽삐죽 어색하지만
둘을 연결할 언어장치란 사실상 없다
때마침 밀어닥친 파도가 두 얼굴을 덮쳐 그들은 흥분,
고무됐다

날개가 생길 때쯤이면
내 건강한 지느러미를 떼어 내어 네 용골돌기에
군함처럼 달아주마!
네 아가미를 준다면 너에게 날카로운 부리와
장식용 꽁지날개를 덤으로 주마!
시시콜콜 그런 거래나 트자고 키보드로 바닷길 열어 온종일
물길 낸 건 아니겠지, 물론 아니다

 자아~ 자, 여기까지 이 얘길 쓰긴 썼는데 그것은 순전히 아가미와
날개, 날개와 부리, 부리와 꽁지를 혼동하는 대가로 얻은 한여름 밤
의 꿈 이야기인 셈 계속해서 접속 가능하다면 나머지 문장은 프로
그래머이자 독자인 여러분이 알아서 채워 넣으시라, 알아서 이어가
기 바란다! 예컨대 그건 일본 만화책을 수백 권 독파한 뒤에 책 속의
주인공이 수영복 끈 고쳐 매고 그댈 찾아오거나 임시가설 무대에

일당 받고 출연한 스턴트맨이 배역을 재부팅, 소프트웨어를 포맷하
려는 것과 무관하지 않을 것

모니터로 이관시킨 심장 밖 수평선이 팽팽해지는
썰물 무렵에나 아마도 판독 가능하겠지
Mr. Delete, 당신이 스페이스 바를 잘못 눌러 응용 프로그램이
깨져버린 건 어제 오늘 일어난 사건이 아니잖나?

계간 『시와 정신』 2009년 가을호

김영찬
충남 연기 출생. 2002년 『문학마당』으로 등단. 시집으로 『불멸을 힐끗 쳐다보다』
(2007)가 있음.

여행자
— 백만 년 동안의 고독

김 옥 성

나의 문장은 사원과 사막과 성곽과 지도에 없는 길을 건너갈 것이다 그리하여 나의 문장에는 고독이 가득하다 지구의 육체를 갈아입고 시간을 항해하는 가이아를 타고서, 인간의 혈통 속에서 번식하는 DNA를 이끌고서, 빅뱅 이전의 우주와 백만 년 뒤의 우주에서 나는 떠내려 왔다

다시 우주의 가을이라고 한다

나는 내가 거주하는 땅의 대동여지도를 다시 작성하고자 맨발로 걷고 있다 나뭇잎은 떨어지며 고요한 허공에 조종(弔鐘)을 울린다 나의 모든 문장은 조사(弔辭)이다

기둥 하나가 보인다 몰락한 왕국의 신전이 있던 자리이다 허블 망원경 속에서 별들은 끊임없이 늙어서 죽고 다시 태어나고 있다 별들의 일대기를 읽으며 별들이 낳아놓은 잿더미와 핏덩이에서 새로 돋아나는 환(幻)을 본다

나의 침묵을 모함하는 자들의 이름은 무엇인가 가장 위대한 문장들은 도서관의 어둠 속에서 은둔하고 있다 언젠가 글자들은 페이지를 펼치고 찬란한 천공(天空)을 날아오를 것이다

나의 안식을 무참히 짓밟은 짐승들의 흙발과, 악몽 속에서 날마다 내 손을 잡아끄는 검고 억센 손아귀와, 탐욕으로 가득 채워진 노예들의 이름과, 억지와 야비와 교활과 비열과, 지옥에서 보낸 한 철*을 폐허에 파묻고 왔다

그렇지 않다면 어찌 내가

백만 년 동안의 고독을 견딜 수 있겠는가

빛의 무리들도 폐허의 발밑에 머리를 조아린다 나의 조사(弔辭)는

찬가이자 송가가 되어 가을 밖의 가을로 퍼져나갈 것이다
백만 년 뒤나 혹은 백만 년 전의 내가 여전히 걷고 있는

*지옥에서 보낸 한 철 : 랭보

격월간 『시를 사랑하는 사람들』 2009년 11~12월호

김옥성
1973년 전남 순천 출생. 2007년 『시를 사랑하는 사람들』로 등단. 천마문화상 등
수상.

몸춤

김 왕 노

죽은 쥐 몸속으로 회색 털을 밀어내며 바글거리며 파고드는
구더기 떼의 몸춤을 한번쯤 보아라.
쉰내 나는 죽은 쥐의 몸속으로 온몸을 밀어 넣는
그 모습이 역겹다가도
구더기도 한 목숨인데
날아오르기 위한 에너지를
저 죽은 쥐의 몸속에서 얻어내는 목숨의 춤사위 한창인데 하면
그마저 아름다워 보인다.
가장 더럽다고 여기는 곳에서 몸 굴려서라도
구더기 떼는 한 번 날아오르고 싶어 몸춤을 추는 거다.

날아보기 위한 꿈마저 접어버린 우리도 시궁창 같은 이 도시 밑에서
구더기처럼 정신없이 바글거리다가 몸춤으로 정신없이 역겹게 놀
다가
그래서 날자, 한 번 날아보자꾸나

계간 『리토피아』 2009년 여름호

김 왕 노
1957년 경북 포항 출생. 1992년 매일신문 신춘문예로 등단. 시집으로 『말달리자
아버지』(2006)등이 있음. 한국해양문학대상, 박인환문학상 수상.

귀환

김 지 녀

나의 공기는 무수하고 아름다워
나의 공기는 파랗고
바람이 불어도 흔들리지 않는 금속 같다
시작과 끝을 알 수 없지만
내가 살아 있기 전부터 떠돌아다니고 있는
태어났으나 죽어 있고
상상력이 없지만 결코 죽지 않는
신비롭고 끈끈한
공기
공기의 피
전령처럼 나의 죽음을 알리기 위해 달려오는
뒷굽이 다 닳고 있는
시간 시간 시간
그래 그래 그래
고개를 끄덕이는 공기
어떤 색으로도 물들일 수 있는
하얀 셔츠에 달라붙어 새까매진 나의 공기는
닿자마자 녹아버리는 눈송이
가볍지만 가벼워서 믿을 수 없는
오후 4시
혼자 늦은 점심을 먹고
소리가 없는 종 옆에서 걷는
시간 모두가 장님이 되어가는 시간
일제히 손뼉을 칠 때마다

번쩍 번쩍 할 것 같은

공기, 공기의 빛

나의 무수하고 아름다운

월간 『현대시학』 2010년 2월호.

김지녀
1978년 경기도 양평 출생. 2007년 『세계의 문학』으로 등단. 시집으로 『시소의 감
정』(2009)이 있음.

샤갈의 마을

김 지 순

아내가 결혼했다*는 말에 다친 밤이야 지붕에서 나팔소리가 떨어지고 있어 또또따따 여자의 입김이 황사지수를 높이고 있어 사르락 사르락 자막이 흘러내려 사랑해 사랑해 모래알로 서걱서걱 굴러다니고 있어 한 발로 녹색지붕을 밟고 다른 한 발로 붉은색 지붕을 밟고 있는 두 지붕 한 여자 치마 밑까지 긴 나팔의 관을 심고 있어 햇살은 오늘도 초기화면처럼 지루해 나팔꽃 아가씨 땅속 줄기 잡고 올라오는지 또또따따 나발을 불고 있어 세상은 온통 치맛바람에 시달려 녹색지붕의 벽을 바르는 붉은 치마가 보여 붉은 지붕 커튼을 치고 있는 녹색치마가 팔랑거려 큰 교회 첨탑과 길게 양쪽 지붕을 잇는 빨랫줄은 배경이야 잘못 날아온 철새 두 마리 앉아 고갤 주억거려 하나의 사랑을 반으로 나누면 두 배가 된다**고 또또따따 알뿌리 산술법을 복창하고 있어 모래 바람이 불어 둥근 발 여자가 부풀고 있어 모래 시간이 북동동진하고 있어 그런데 명랑한 사막을 연주하는 지붕 위의 악사는 누구야?

* 정윤수 감독의 영화
** 여주인공의 대사

계간 『문학마당』 2009년 봄호

김지순
1960년 전북 익산 출생. 2007년 『시에』로 등단.

오래 걸어온 것들

김 추 인

혼자를 보면 마음이 쓰인다
그래서 말을 걸었을 것이다 속말이겠지만

원지*의 문밖을 내다보느냐
기억 이전의 저무는 자갈길이 보이느냐
이젠 꺾인 무릎에 끙 - 힘을 주어도 한 몸 일으켜 세울 것 같지 않은
늙은 수낙타여 나비여
긴 속눈썹 선한 눈매의 동굴 속 같은 눈 보면 동굴 밖으로 길게
뻗은 그대의 비단길이 보인다

우리, 긴 생애를 함께 걸었을 것이다
누린 양가죽을 지고 온도르한에서 남고비, 오보스,
떠도는 족속들의 고단한 한뎃잠 보이는 것이

머나먼 바람의 땅
거친 자갈길이 네 발굽을 간단없이 들었다 놨을 것이다.
지친 몸에 서로를 묶어매고 타박타박 걸었을 것이다

방금 네 눈부처는 원지의 기억으로부터 돌아오고 있다
시린하오터 대 초원,
풀꽃들만 숫몸 열어 오롯이 이고 있는 것들의
사랑 하나로 사무치는 저 태평성대를 봐
삼 센티 키의 땅부추, 구자**는 무슨 일로 알이 드는지

*

일 센티 키에 지름 이 센티 꽃나발을 불어쌓는 저 메꽃들 사이를
뭔 일로 뚱뚱한 풀메뚜기 풀떡 풀떡 튀고 있는지

나무들은 다 어디로 갔을까

겨룰 일도 죽을 일도 없이
이승 저승을 넘어다녔을 앉은방이 족속들의 여기는 키작은 것들
의 땅
고와라
먼 데 양떼 모는 소리조차 잦아들면 그냥 고요다

우리 오래 걸었을 것이다
거기엔 사방이 문이겠다
확 터버린 하늘
열어 젖힌 초원
사방이 하늘의 높이로 문 열려 있어도
바람도 들망아지도 떠남이라는 말,
그 구름의 의미를 잊어버린 듯 붙박여 있는데 천지가 환한 문인데
우린 아직도 꽃장터를 찾아다니는 나비

저기 하얀 게르 앞, 볼이 빨간 아이의
베그시 웃는 입도 낯이 익다야 어느 생에서 보았을까
들바람에 낯이 터 빨간, 혼자 노는 아이,
내 유년의 거기에도 사방 문이 열린 그리움 쪽이겠다

나뷔야 청산가쟈*** 가다가다 저무러든 아무데나 곳듸드러 자고가쟈

* 내몽고 동북쪽에 위치한 초원

** 구자 : 들부추씨

*** 작자 미상 고시조 제목 ; 혹은 고전무용 제목(무용박물관)

져무러든/저물거든 곳듸드러/ 꽃에들어

계간 『애지』 2010년 여름호

김추인
1947년 경남 함양 출생. 1986년 『현대시학』으로 등단. 시집으로 『전갈의 땅』
(2006) 등이 있음.

아무 망설임 없이

김충규

살얼음 같은 어둠을 쪼개며 나비가 날아왔다
쪼개진 틈새로 딱딱해지지 않은
액체의 어둠이 주르르 쏟아졌다
날개가 젖어서 나비의 비행이 기울었다
관을 열고 온몸이 얼룩진 시신이 나와
나비 쪽을 뚫어지게 응시했다
아무 망설임 없이 관 속으로 나비가 들어갔다
펄렁임을 멎고 나비가 누워 눈을 감았다
쪼개졌던 어둠이 봉합되는 소리
미세하게 허공을 긋고
아무도 손을 대지 않았는데
스르르 관이 닫히는 소리
시신이 관을 짊어지고 숲으로 사라졌다
질척한 흙길에 발자국 하나 남지 않고
고체가 된 어둠이 딱딱하게 숲을 감쌌다
쥐들이 다 죽어버려서 숲이 고요했다

웹진 『시인광장』 2009년 겨울호

김충규
1965년 경남 진주 출생. 1998년 『문학동네』로 등단. 시집으로 『아무 망설임 없이』
(2010) 등이 있음. 미네르바작품상 수상.

물의 친교

김 행 숙

물고기는 움직이는 심장처럼
그러나 매우 조용히 살아가는 것들이야
물고기가 물고기를 뜯어먹을 때도 고요하지

오늘 아침 너는 피어나기 시작한다
너는 완전히 힘을 뺐다
내 안에서 자라는 식물들처럼 알 수 없이
새로운 삶처럼 끝없이
너의 머리카락이
흔들려

나는 너를 거칠게 대하고 싶어
죽은 체하는 걸까
산 체하는 걸까

나는 그림자와 친해
내 옆에 나무 한 그루가 있고
나는 나무 한 그루의 그림자와 친해
달빛은 검은 물체를 떨어뜨리지
햇빛은 잘게 부서지지
반짝이지

어젯밤 너의 눈빛은 하염없이 머물렀지
마치 눈먼 자 같은

그런 눈빛

그런 목소리로 너는 인생보다 긴 고백을 시작했어

계간 『서정시학』 2010년 봄호

김행숙
1970년 서울 출생. 1999년 『현대문학』으로 등단. 시집으로 『이별의 능력』(2007)
등이 있음.

열쇠

김 혜 순

역광 속에 멀어지는 당신 뒷모습 열쇠구멍이네
그 구멍 속이 세상 밖이네

어두운 산 능선은 열쇠의 굴곡처럼 구불거리고
나는 그 긴 능선을 들어 당신을 열고 싶네

저 먼 곳, 안타깝고 환한 광야가
열쇠구멍 뒤에 매달려 있어서
나는 그 광야에 한 아름 백합을 꽂았는데

찰칵

우리 몸은 모두 빛의 복도를 여는 문이라고
죽은 사람들이 읽는 책에 씌어 있다는데

당신은 왜 나를 열어놓고 혼자 가는가

당신이 깜빡 사라지기 전 켜놓은 열쇠구멍 하나
그믐에 구멍을 내어 밤보다 더한 어둠 켜놓은 깜깜한 나체 하나

백합 향 가득한 광야가 그 구멍 속에서 멀어지네

계간 『문학과 사회』 2009년 겨울호

김혜순
1955년 경북 울진 출생. 1979년 『문학과 지성』으로 등단. 시집으로 『당신의 첫』
(2008) 등이 있음. 김수영문학상, 현대시 작품상 수상.

위조화폐

류 인 서

지루한 휴전의 나날,
즐겨 입는 체크무늬 셔츠의 창살 안에서
나는 오늘 적들의 화폐 만들기에 열중입니다

내가 만든 이것으로 나는
다섯 개 강을 건너 사흘 동안 걸어가면 나온다는
적의 옛 마을이 숨은 지도를 살지도 모릅니다
벚나무 가지에 걸어둔 춤추는 노숙자소녀의 분홍전화기를 살지도
모르고
두툼한 샌드위치와 커피가 있는 휴일의 식욕과 다시 바꿀지도 모
릅니다

이것이 오늘 사랑법
위조만을 위로 삼는 위험한 선택입니다

쇠비린내가 묻어나는 천진한 내 손은 나의 전리품입니다
식민지인 이 손안에서
팔락이며
짤랑이며
몸을 섞는
악화와 양화들
보실래요?
곧 패총처럼 수북해지겠군요

동전처럼 뻣뻣하고
지전처럼 후줄근한
썩지 않는 그 나라가 코앞입니다
어리둥절 차가운 당신 웃음쯤 문제가 아닙니다

월간 『현대문학』 2009년 10월호

류인서
1960년 경북 영천 출생. 2001년 『시와 시학』으로 등단. 시집으로 『여우』(2009)
등이 있음. 2009년 육사시문학상 젊은시인상, 2010년 청마문학상 신인상 수상.

한때 적막이란 말에 집중한 적 있다

마 경 덕

적막을 오래 쓰다듬은 손바닥에 푸른 물이 들었다. 내 오른쪽 어금니처럼 한쪽이 닳아버린, 부르면 혀가 서늘한 적막. 소란한 틈으로 잠깐 뒤태를 보이고 사라진다. 퇴근길 지하철에서 불쑥 내 몸을 치고 사라지는 그 짧은 1초의 정전(停電)…내 몸의 플러그가 뽑힌, 그 1초.

떠밀리고 발등을 밟히는 사이, 방심한 내 어깨를 치는 순간, 울컥 혀끝에 닿는 찰나의 암전(暗轉). 그는 인파 속에 나를 홀로 세워두고 길을 끌고 흘러간다. 세상과 불통이 되는 그 시간, 나는 누구에게도 나를 타전할 수 없다. 아무도 눈치 채지 못한 그 1초는 적막이 나를 다녀간 시간.

후박나무 빈 가지에 걸린 낮달을 보듯 그의 쓸쓸한 이마를 바라보고 싶었다. 계절이 한 페이지 넘어가고 공원 분수에 물이 마를 즈음, 무릎에 원고지를 펼치고 그가 네모난 칸으로 들어오기를 기다렸다. 나는 한동안 그를 오독(誤讀)하였다.

등 떠밀려간 노래방에서 흘러간 노래를 선곡하고 있을 때, 어쩌다 잡은 마이크를 들고 설쳐대고 있을 때, 그를 바라볼 수 없는 난감한 사이, 그 틈으로 반짝 적막은 출몰하는 것이었다.

계간 『시안』 2010년 봄호

마 경 덕
1954년 전남 여수 출생. 2003년 세계일보 신춘문예로 등단. 시집으로 『신발論』 (2005)이 있음.

창녀와 천사

문 정 희

나 요즘 창녀에 실패하고 있는 것 같다
천사이며 창녀인 눈부신 시인이 되고 싶었지만

어느 때 치마를 벗을지를 몰라
어느 벌판 어느 강줄기를 따라가야
술집과 벼락이 있는 줄을 몰라
여름날 동안 누가 주인인지를 몰라
문밖에서 홀로 서성이고 말았다

폭풍을 먹어 치우고 구름 속에
자수정 눈물을 흘리는 천사도 아니었다
별들이 내려와 어깨를 어루만지면
부드러운 굴절광 하나를 낳고 싶었지만
쥐라기시대 파충류 같은 신비한 시구 하나를
허공에다 점점이 키우고 싶었지만

밤낮 짐승의 몸으로 쫓기며
진눈깨비처럼 빈 들에서 울다가
제자리에 현기증처럼 스러질 뿐이었다

계간 『시인세계』 2009년 여름호

문정희
1947년 전남 보성 출생. 1869년 『월간문학』으로 등단. 시집으로 『사랑의 기쁨』
(2010) 등이 있음. 현대문학상, 소월시문학상 수상.

옮겨가는 초원

문 태 준

그대와 나 사이 초원이나 하나 펼쳐놓았으면 한다
그대는 그대의 양 떼를 치고, 나는 나의 야크를 치고 살았으면 한다
살아가는 것이 양 떼와 야크를 치느라 옮겨 다니는 허름한 천막임을 알겠으나
그대는 그대의 양 떼를 위해 새로운 풀밭을 찾아 천막을 옮기고
나는 나의 야크를 위해 새로운 풀밭을 찾아 천막을 옮기자
오후 세 시 지금 이곳을 지나가는 구름 그림자나 되어서
그대와 나도 구름 그림자 같은 천막이나 옮겨가며 살자
그대의 천막은 나의 천막으로부터 지평선 너머에 있고
나의 천막은 그대의 천막으로부터 지평선 너머에 두고 살자
서로가 초원 양편으로 멀찍멀찍이 물러나 외면할 듯이 살자
멀고 먼 그대의 천막에서 아스라이 연기가 피어오르면
나도 그때는 그대의 저녁을 마주 대하고 나의 저녁밥을 지을 것이니
그립고 그리운 날에 내가 그대를 부르고 부르더라도
막막한 초원에 천둥이 구르고 굴러
내가 그대를 길게 호명하는 목소리를 그대는 듣지 못하여도 좋다
그대와 나 사이 옮겨가는 초원이나 하나 펼쳐놓았으면 한다

계간 『자음과 모음』 2009년 가을호

문 태 준   1970년 경북 김천 출생. 1994년 『문예중앙』으로 등단. 시집으로 『그
늘의 발달』(2008) 등이 있음. 동서문학상, 노작문학상, 유심작품상, 미당문학상,
소월시문학상 대상 수상.

리듬의 묵시록

박 남 희

　어쩐 일인지 미래보다는 자꾸 과거로만 달려가는 강물을 따라 나는 여기까지 왔다 오래된 리듬의 묵시라고 했다 나는 강물을 따라 오면서 무수한 꽃을 보았다 강물을 따라가는 일이 꽃을 보기 위한 일이라는 것을 물위에서 반짝이는 햇빛이 일러주었다

　내가 지금껏 강물을 따라 온 것은 내 몸에 강물의 피가 흐르고 있기 때문이다 어디론가 격정적으로 흐르다가도 격랑을 제 몸속으로 가라앉히는 강물, 강물은 격랑이 꽃이 된다는 것을 온 몸으로 보여주었다

　강물 속에는 무수한 꽃이 피었다 진다 유유히 흐르면서 제 속의 격랑을 다스리는 강물, 격랑은 강물을 동적인 꽃이라고 부른다 꽃 속에는 무수한 강물이 흐른다 아름답게 피어서 바람에 흔들리고 있는 꽃, 바람은 꽃을 정적인 강물이라고 부른다

　사람들은 그것을 보면서 꽃이 피어있고 강물이 흐른다고 말하지만 나는 꽃이 흐르고 강물이 핀다고 말하고 싶어진다 강물이 흘러가는 일이 꽃을 피우는 일인 것처럼 꽃이 피는 일도 강물이 흘러가게 하는 일이라는 것을 알게 되면서, 나는 그동안의 내 여행이 꽃과 강물을 위한 헌사일지도 모른다는 생각이 들었다

계간 『시와 인식』 2009년 봄호

박 남 희
1956년 경기도 고양 출생. 1996년 경인일보, 1997년 서울신문 신춘문예로 등단.
시집으로 『고장 난 아침』(2009) 등이 있음.

논센소

박 상 순

무의미를 뜻하는 말입니다. 나는 이 말을 책상 위에 올려놓았습니다. NOnSEnso 이렇게 생겼습니다. 붉은 껍질을 가졌습니다. 껍질을 열어보겠습니다. 물렁물렁합니다. 양쪽으로 갈라집니다. 껍질의 안쪽은 검붉은 색입니다. 껍질을 가르니 더 안쪽이 보입니다. 아주 엷은 붉은색입니다. 껍질을 다 벗겨내지 않고 책상 위에 올려놓았습니다. Non SEnso. 이렇게 보이지는 않습니다. 그냥 껍질이 갈라진 논센소입니다. 낮에는 보지 않기로 했습니다. 보지 않아도 생각할 수 있기 때문입니다. 그래서 밤에만 봅니다. 보지 않아도 생각할 수 있기 때문입니다. 그래서 밤에만 봅니다. 무의미를 뜻하는 말입니다. 나는 이 말을 책상 위에 만들어 놓았습니다. 내가 처음 만든 말은 아닙니다. 하지만 내가 처음 만들어낸 말처럼 들여다봅니다. 크게 보일 때도 있지만 그리 크지는 않습니다. 껍질을 갈라보았지만 더 깊은 속을 보려고 한 적은 없습니다. 그냥 논센소입니다. 아무도 몰랐으면 좋겠습니다. 논센소도 나를 알아보지 말았으면 좋겠습니다. 그래도 매일 달라지고 매일매일 다르게 보입니다. 그래서 걱정입니다. 매일 밤마다 들여다보아야만 합니다. 영원히 변치 않을 나만의 논센소이기를 바라지만, 매일 변합니다. 그래도 꼭 NOnSEnso 이렇게 생겼습니다. 나의 논센소. 하늘이 내게 또 한 번의 여름을 살고, 사랑하고, 증오할 수 있는 기회를 주었습니다. 침묵할 수 있는 시간을 주었습니다. 나의 논센소.

계간 『시와 반시』 2009년 가을호

박상순
1962년 서울 출생. 1991년 『작가 세계』로 등단. 시집으로 『Love Adagio』(2004) 등이 있음. 현대시 동인상 수상.

카프카의 잠

박 서 영

비둘기는 환풍구 배관에서 겨울을 나고 날아가 버렸다
이젠 덕지덕지 똥만 가득 쌓여있다
화석처럼 굳어버린 잠의 배설물들

서울 가서 본 적 있다
점심시간 손님들이 북적대는 칼국수집 출입문 앞에
환기구 하나조차 얻지 못한 사내가 잠들어 있었다
손님 중에는 잠든 사내의 늘어진 다리를 슬쩍 뛰어넘어
식당으로 들어간 이도 있었다
너무 오랫동안 그 자리에 있어서인지
손님들도 식당주인도 사내를 잠의 배설물쯤으로 여기는 듯 했다

집으로 돌아온 나는
낯설고 기이한 몇 가지 풍경을 기억해냈는데
그 칼국수집 앞에서 만난 카프카와
서울역 광장 노숙자들이 하루 종일 만나는 예수와
애 밴 여자노숙자의 불룩한 배와

그러고 보니 서울구경 하루만에
모녀노숙자처럼 황폐해져서 아무 의자에 털썩 주저앉곤 했는데
기차를 타자마자 곯아떨어져서는 꿈쩍도 하지 않았는데
누군가 우리를 냄새나는 잠의 배설물로 오해하더라고
침까지 흘리며 쿨쿨 잘 잤다
기차의 아름다운 이미지가 깊은 잠에 들게 했으리라

봄으로부터 출발한 기차의 몸속이 너무 따뜻해서.

월간 『현대시학』 2009년 11월호

박서영
1968년 경남 고성 출생. 1995년 『현대시학』으로 등단. 시집으로 『붉은 태양이 거미를 문다』(2006) 가 있음.

난 빨강

박 성 우

난 빨강이 좋아 새빨간 빨강이 좋아
발랑 까지고 싶게 하는 발랄한 빨강
누가 뭐라든 신경 쓰지 않고 튀는 빨강
빨강 립스틱 빨강 바지 빨강 구두
그냥 빨간 말고 발라당 까진 빨강이 좋아
빼지도 않고 앞뒤 재지도 않는 빨강
빨빨대며 쏘다니는 철딱서니 같아서 좋아
그 어디로든 뛰쳐나갈 수 있을 것 같은 빨강
난 빨강이 좋아, 새빨간 빨강이 좋아
해종일 천방지축 쏘다니는 말썽쟁이, 같은 빨강
빨랑 나도 빨강이 되고 싶어 빨랑
빨랑, 빨강이 되어 싸돌아다니고 싶어
빨빨 싸돌아다니다가 어느새 나도
빨강이 될 거야 새빨간 빨강,
빨강 치마 슈퍼우먼이 될 거야
빨강 팬티 슈퍼맨이 될 거야
빨강 구름 빨강 바다 빨강 빌딩숲 만들러 날아다닐 거야
새빨간 거짓말 같은 빨강,
막대사탕처럼 달달하게 빨리는 빨강,
혀를 내밀면 헛바닥이 온통
새빨갛게 물들어 있을 것 같은 달콤한 빨강

빨-강, 하고 말만 해도
세상이 온통 빨개질 것 같은 끈적끈적한 빨강

계간 『창작과 비평』 2009년 여름호

박성우
1971년 전북 정읍 출생. 2000년 중앙일보 신춘문예로 등단. 시집으로 『거뜬한 잠』
(2007) 등이 있음.

아프리카

박 성 현

부디, 나무 그늘에는 앉지 마세요. 바비 원숭이가 떼를 지어 다니다가, 순식간에 당신의 눈을 파먹을 수 있으니까요. 당신의 권총과 수렵용 칼은 그늘에서 한가롭게 잠을 자다가 주인을 잃어버리기도 하지요. 그러나 그것은 가십도 아닙니다. 당신이 아프리카로 부르는 곳에는 흔한 일이니까요.

*

당신은 붉은 여우의 붉은 눈빛을 닮았습니다. 그래서 당신을 '우기의 붉은 여우'라 부르겠습니다. 폭풍이 부는 우기에, 당신은 여기, 탄자니아 북부에 도착합니다. 당신의 손과 혀는 당신과 당신을 엮고 가장 먼 당신을 부릅니다. 수많은 당신은, 대략 12월에 나무줄기를 엮어 활을 만드는 법을 알게 됩니다. 단지 활 하나만으로도 당신은 충분히 족장의 자격이 있습니다. 기린의 목을 뚫어

그 피를 나눠 마십니다. 마실 때마다 징표가 씨줄과 날줄로 얽히며 당신의 몸을 파고듭니다. 매년 우기 전에 찾아오는 모래 폭풍과 더위, 가뭄을 견디게 합니다. 당신은 대륙이 빙하로 덮였을 때가 있었다고, 바위에 무엇인가를 그립니다. 당신의 유전자에 새겨진 몇 개의 코드처럼.

우기와 건기, 건기와 가뭄이 수 없이 교차한 후, 당신은 독초를 이겨 화살촉에 즙을 바릅니다. 평범한 내륙의 풀이 독이 될 때까지 당신은 많은 목숨을 잃습니다. 독은 유용합니다. 포도처럼 많은 고기

를 만들 수 있습니다. 그늘에서, 당신은 짐승의 습격을 받기도 합니다. 그러나 그것은 가십도 아닙니다. 상상할 수 없는 시간을, 그렇게.

1만 년 전부터
당신이 꿈을 만들었던 아프리카.

태양과 태양이 충돌하고,
그 빛의 파장 속에서

달과 달은 수면이 진동하듯
서로를 잡아먹습니다.

천체가 그러하니, 사람의 죽음 또한 불가사의였습니다. 동굴 내부에 새겨진 암각에서, 나는 당신의 수렵을 상상합니다. 아프리카에서 유럽으로, 알래스카와 남미에 이르는 긴 원환은 우리가 해탈이라 부르는 정신의 극단이 아닐까요. 습관은, 물 위의 부표처럼 지도를 떠다니다가 해초에 좌초되기도 합니다. 나는 당신의 허벅지 근육에 패인 상처와 상처의 길고 긴 습속을 만집니다.

당신은 아프리카에서, 사람들이 대륙을 이동하기 전에 시간의 순환을 만들어냅니다. 그것은 일종의 법이고, 감춰진 말씀입니다. 사람은 복종할 것이며, 그 뜻을 이해하기 위해 수많은 피를 흘릴 것입니다. 그 먼 시간을 돌아, 다시 당신은

아프리카에 왔습니다.
나무 그늘에는 앉지 마세요.

바비 원숭이와 암사자가,
당신의 잠을 할퀴고 갈 거니까요.

계간 『시에』 2010년 봄호

박성현
1970년 서울 출생. 2009년 중앙일보 신인문학상으로 등단.

안개를 사귀는 법

박 완 호

서두르지 말고 가만 가만 무릎 아래 가끔씩 낯 내비치는 길목을 따라 서서히 스며들어야 한다. 천천히 발소리를 죽여 가며 물기 젖은 머리카락을 쓰다듬는 바람의 손짓을 따라 한 걸음 한 걸음 소리 없이 흔들리는 안개의 늑골 사이를 파고들어야 한다. 두 볼에 와 닿는 안개의 손길, 귓구멍을 간질이는 안개의 숨결, 흐릿한 상형문자를 중얼거리는 안개의 말들, 아무 것도 궁금하지 않게 될 때 발밑을 흐르는 물살 위에 무장해제한 걸음을 올려놓아야 한다. 안개는 스스로를 숨기지 않는다. 저를 지우는 순간 안개는 이미 안개가 아니다. 자신을 송두리째 드러내어 누군가를 가려주는, 겉과 속이 따로 없는 안개. 거기 발을 들여놓는 순간 우리는 헤어날 수 없는 늪 가운데 빠지고 만다. 안개는 안개를 만나 안개의 일가가 된다. 안개의 마을에서 안개의 아이를 낳고 안개의 음악과 시를 낳는다. 안개의 나라에 가 닿으려면 가만히… 가만히… 그리고 천천히… 유리잔처럼 깨지기 쉬운 수정막에 음화(陰畵)를 새겨 넣어야 한다. 이목구비가 흐릿해질수록 점점 또렷해지는 눈빛이 새벽을 말갛게 물들일 때까지

계간 『주변인과 시』 2010년 봄호

박완호
1965년 충북 진천 출생. 1991년 계간 『동서문학』으로 등단. 시집으로 『아내의 문신』(2008) 등이 있음.

이 책을 다시 숲으로 되돌린다면

박현수

이 책을 다시 숲으로 되돌린다면
내가 읽던 이 구절은
숲의 어느 부분에 새겨져 있을까
자작나무 밑동쯤일까
잔가지 겨드랑이쯤일까
숲은, 인간의 말들을
어디쯤 철지난 현수막처럼 걸치고 있을까

이 책을 다시 숲으로 되돌린다면
밑줄 그은 이 구절,
나무의 살갗에 새긴 문신은 흐려질까
한 땀 한 땀마다
솟아났던 푸른 울음들은 새살 돋을까
숲은, 가시철사처럼
파고드는 문장들을 뱉어낼 수 있을까

이 책을 다시 숲으로 되돌린다면
제 소리를 갖지 못하는 이 구절은 사라지리라
매미, 쓰름매미,
숲에는 제 이름으로 노래하느니

숲은, 탈피 껍질처럼 텅 빈
인간의 문장들을 빗방울처럼 떨쳐 내리라

웹진 『시인광장』 2009년 겨울호

박현수
1966년 경북 봉화 출생. 1992년 한국일보 신춘문예로 등단. 시집으로 『위험한 독
서』(2006) 등이 있음. 한국시협회상 젊은시인상 수상.

다른 이름으로 저장하기
― 어느 시인의 장례식

박 후 기

죽음도 저장의 한 방식,
땅 속이든 불구덩이든 온전한
죽음으로 저장되기 위해서는
뼈만 남아야 한다

구릉의 무덤가 비석도
앙상하게 뼈만 남았다
지워진 비문엔
달랑 이름 석 자,
그마저 흐릿하여
음각에 고인 빗물이
잠시 머물다 갈 틈 없다

시인이 죽었다
묵은 향이 뼈를 사르며
절을 하듯 고꾸라진다
죽은 시인의 시에서
약 냄새가 난다
시인의 향기만 남았다

시구에 불 들어간다
화장장(火葬場) 전광판에 명멸하는 이름처럼
시 또한 뼈만 남아야 한다

화부가 시인의 뼈를 추스린다
뼈만 남은 언어를 추스린다
모든 수사가 사라졌을 때,
죽음이 비로소 간결한
제 모습을 드러내고 있다

계간 『신생』 2010년 봄호

박후기
1968년 경기도 평택 출생. 2003년 『작가세계』로 등단. 시집으로 『내 귀는 거짓말
을 사랑한다』(2009) 등이 있음. 신동엽창작상 수상.

바람의 내부

배 용 제

믿지 않겠지만,
나는 바람의 몸을 애무해 본 적이 있다

멀리 몇 채의 구름이 날카로운 신음소리를 내며 지나갔고
쓰디쓴 체액들이 게워졌다
나는 한 방울의 정액처럼 바람의 내부로 흘러갔다
꽃들은 여전히 고통스러웠고
수만 년 동안 모든 짐승의 울음소리를 기억하는 자세로 피어났다

꿈마다 사이렌 소리가 들렸고
누군가 은밀하게 바람의 뿌리를 더듬고 있었다

믿지 않겠지만, 내 혀 속에 바람의 씨앗들이 잉태되었다
그때부터 날마다 붉은 피의 밑그림을 그리는
구름의 정체를 이해할 수 있었다

어떤 바람들은 가끔 사람의 몸으로 떠돌았다

언젠가 공원의 외진 벤치에서 흐느끼는 사내를 본 적이 있었다
태풍의 눈처럼 고요한 울음을 껴안고 소용돌이치던
그 사내의 등은
어느 바람이 흘리고 간 내부일 뿐이어서,
고대의 노을이란 주소지를 기록하지 않고는
그곳에 당도할 방법이란 없었다

아무도 거들떠보지 않는 길 하나를 붙들고 밤새 울던 바람을 본 적
이 있다
외부에서 내부로
내부에서 외부로
사라진 것들 모두 꽃길을 통과했던 것처럼
사라진 것들의 연대기를 전부 기억하려는 것인지
꽃들은 버려진 발자국들을 어루만지고 있었다

이미 사라진 길의 전설과 바람은 한 몸이 된지 오래,
꽃이라는 고통의 빛깔과
길 위에서 희미해지고 아득해진 것들의 안부를 묻는

어떤 사람들은 가끔 바람의 몸으로 떠돌기도 했다.

계간 『시안』 2010년 여름호

배용제
1963년 전북 정읍 출생. 1997년 동아일보 신춘문예로 등단. 시집으로 『이 달콤한
감각』(2004) 등이 있음.

물억새꽃, 이제 큰일 났다

배 한 봉

허옇다 저 물억새꽃, 2미터가 넘는, 서걱거리는, 11월의 우포늪 물억새 숲길을 걸으며 그 물억새 몸이 발갛다는 것을 안다 발갛게 달아올랐다가 검붉게 마른 몸에서 기린 목처럼 쑥 뽑혀져 올라가서는 허옇게, 아니 허옇다 못해 투명하게, 온몸으로, 높푸른 하늘을 쓱쓱 닦고 있는 꽃, 물억새꽃 속에 파묻혀 웃음소리를, 70만 평 늪 곳곳에 풀씨처럼 쏟느라 중천에 있던 해가, 아이고 나도 이제 좀 쉬자고, 우항산 산마루에 붉은 딸꾹질을 풀며 우포늪 물을 한 사발 붉게 꿀꺽 꿀꺽 마시는 걸 못 볼 뻔했다 그렇게 길을 열어 어스름이 말랑말랑 만져지는 늪의 생생한 문장으로 마음을 기록하던 일행들, 그새, 한순간, 슬쩍 늪의 속살 만졌는지, 늪 어디서 첨벙! 달빛을 받은 잉어 뛰어오르는 소리, 그 옆에서 벌써 보름달 껴안고 허리 꺾으며 자지러지는

물억새꽃, 큰일 났다, 단체로, 무더기로 달 가는 만큼 쓰러져 흰 길이 되는 요분질, 우리 이제 집에는 어떻게 가나? 철컥, 걸음 옮길 때마다 훤한 늪길의 덫에 치이는 문장들.

계간 『시와 사상』 2010년 봄호

배 한 봉
1962년 경남 함안 출생. 1998년 『현대시』로 등단. 시집으로 『우포늪 왁새』(2002) 등이 있음. 2010년 제11회 현대시작품상 수상.

매화 분합 여는 마음

서 안 나

당신이 북쪽이라면
나는 북쪽을 향해 처음 눈을 뜬 누룩뱀
북쪽으로 돌아앉아
참빗으로 머리 빗어 내리면
연서를 쓰던 손가락이 쏟아진다
가고, 오지 않는 것이 사랑이라
버들눈썹 그리고 빈 배처럼 흔들릴 거라

방문 닫아걸고
더운 피 식히며
남은 꽃이나 피우는 늙은 투전꾼 같은
꽃나무 한 그루, 나는
백가지 꽃 중 으뜸인 매화 백분 곱게 발라
분합마냥 환해질 거라
발목 없는 다리로 번져가는 꽃무늬들

당신의 그림자는 오른 쪽에 있었던가 왼쪽에 있었던가
당신의 노래는 콧노래였나 나에게 겹쳐졌던가
당신에게 흘러가는 나를,
상상해보는 거라

내 몸의 북쪽이 서늘해지네
당신을 잊을 수 있을 것도 같다

계간 『불교문예』 2009년 겨울호

서 안 나
1965년 제주 출생. 1990년 『문학과 비평』으로 등단. 시집으로 『플롯속의 그녀들』
(2005) 등이 있음.

얼음의 문장

손 택 수

아내야, 거기선 지구를 몇 바퀴 돌아온 먼지 한 점도 여행자의 어깨에 내려 반짝일 줄 안다. 설산에서 흘러내린 물방울은 몇 천 년 전 우리 몸속에 있던 울음소리를 닮았지. 네가 아플 때 나는 네팔 어디 설산에 산다는 독수리들을 생각했다. 한평생 얼음과 바위틈을 헤집고 다니던 부리가 마모되면서 더는 사냥을 하지 못하고 꼼짝없이 굶어 죽어가는 독수리들. 그러나, 힘없이 굶어 죽어가는 독수리 떼 사이에서 어느 누군가는 마지막 힘을 다해 설산의 바위를 찾아 날아오르지. 은빛으로 빛나는 바위 벽을 향해 날아가 자신의 부리를 부딪쳐 산산이 으깨어버리기 위함이라는데, 자신의 몸을 바위 벽을 향해 내던질 때의 고통을 누가 알겠니. 빙벽 앞에서 지끈 눈을 감는 독수리의 두려운 날갯짓과 거친 심장 박동소리를 또 누가 알겠니. 부리를 부숴버린 독수리의 무모함을 비웃듯 바람소리가 계곡을 할퀴며 지나가는 히말라야. 주린 배를 쥐고 묵묵히 바위를 타고 넘는 짐승의 다친 부리를 너는 알지. 발가락 오그라드는 뿌리들 뻗쳐오른 뿔 끝에 반짝이는 빛을 알지. 머잖아 쓸모없어진 부리를 탓하며 굶어죽는 대신 스스로 부리를 부숴버린 독수리는 다시 새 부리를 얻는다. 으깨진 자리에서 돋아나는 새 부리만큼의 목숨을 얻는다. 대대로 숨어 유전하는 설화처럼 몇 억 광년을 걸어 내게로 온 아내야, 우리가 놓친 이름들을 헤며 아플 때 네 펄펄 끓는 몸으로 지피는 탄불이 오늘도 공을 치고 돌아온 곱은 손을 녹여줄 때 나는 생각했다, 네팔 어디 혹한에 벼린 부리처럼 하늘을 파고든 채 빛나는 설산을.

계간 『실천문학』 2010년 봄호

손 택 수
1970년 전남 담양 출생. 1998년 한국일보 신춘문예로 등단. 시집으로 『목련전차』(2006) 등이 있음. 부산작가상, 현대시동인상, 신동엽창작상 수상.

손

손현숙

사진 속 그 남자의 손은 예리하다

자코메티 조각처럼 그의 손가락은 가늘고 길다 검지와 중지 사이
담배는 아직도 우리의 들숨 날숨을 기억하는 듯 연기 사라지는 쪽
으로 그의 눈길도 하염없다 칼금처럼 그어진 미간의 주름, 울음을
삼켜버린 사막 같은 저 눈빛, 막막한 표정과 소용없이 흘러가는 시
선 그 끄트머리쯤에서 나 살면 안 될까

담배는 그의 또 다른 손가락 빨기, 배냇짓이다 자기가 자기를 감각
하는 최초의 몸짓, 최후의 몸부림, 내 몸은 저 손을 기억한다 마음보
다 먼저 도착해서 마음보다 먼저 나를 알아차린 저 길고 가느다란
비수, 스칠 때마다 나를 베고 다시 살려놓았다

그가 내 뱃속에서 몸을 한 바퀴 틀었다

내 사진에 담겨 침묵하는 동안에도 무럭무럭 자라 내 복부를 찢는
다 나는 이제 그를 도로 낳아야 한다 내가 앞섶을 헤치고 젖을 물리
기 전, 그의 촉수에 걸려 엄마가 되기 전, 태를 자르고 도망쳐야 한
다

계간 『문학과 사회』 2009년 겨울호

손현숙
1959년 서울 출생. 1999년 『현대시학』으로 등단. 토지문학제 평사리문학상 수상.

소반다듬이

송 수 권

왜 이리 좋으냐
소반다듬이, 우리 탯말
개다리 모자 하나를 덧씌우니
개다리소반상이라는 눈물나는 말
쥐눈콩을 널어놓고 썩은 콩 무른 콩을 골라내던
어머니 손
그 쥐눈콩 콩나물국이 되면 술이 깬 아침은
어, 참 시원타는 말
아리고 쓰린 가슴 속창까지 뒤집어
흔드는 말

시인이 된 지금도 쥐눈콩처럼 쥐눈을 뜨고
소반상 위에서 밤새워 쓴 시를 다듬이질하면
참새처럼 짹짹거리는 우리말
오리, 망아지, 토끼 하니까 되뚱거리고 깡총거리며
잘도 뛰는 우리말
강아지하고 부르니까 목에 방울을 차고 달랑거리는
우리말

잠, 잠, 잠하고 부르니까 정말 잠이 오는군요, 우리말
밤새도록 소반상에 흩어진 쥐눈콩을 세며
가갸거겨 뒷다리와 하니, 두니, 서니 숫자를 익혔던
어린시절

가나다라 강낭콩
손님 온다 까치콩
하나, 둘 다섯콩
흥부네 집 제비콩
우리 집 쥐눈콩

소반다듬이 우리말 왜 이리 좋으냐.

계간 『창작과 비평』 2009년 가을호

송수권   1940년 전남 고흥 출생. 1975년 『문학사상』으로 등단. 시집으로 『격포에 오면 이별이 있다』(2008) 등이 있음. 소월시문학상, 정지용문학상, 영랑시문학상, 김달진 문학상, 서라벌문학상 수상.

공중

송 재 학

  허공이라 생각했다 색이 없다고 믿었다 빈 곳에서 온 곤줄박이 한 마리 창가에 와서 앉았다 할딱거리고 있다 비 젖어 바들바들 떨고 있다 내 손바닥에 올려놓으니 허공이란 가끔 연약하구나 회색 깃털과 더불어 뒷목과 배는 갈색이다 검은 부리와 흰 뺨의 영혼이다 공중에서 묻혀온, 공중이 묻혀준 색깔이라 생각했다 깃털의 문양이 보호색이니까 그건 허공의 입김이라 생각했다 박새는 갈필을 따라 날아다니다가 내 창가에서 허공의 날숨을 내고 있다 허공의 색을 찾아보려면 새의 숫자를 셈하면 되겠다 허공은 아마도 추상파의 쥐수염 붓을 가졌을 것이다 일몰 무렵 평사낙안의 발묵이 번진다 짐작하자면 공중의 소리 일가(一家)들은 모든 새의 울음에 나누어 서식하고 있을게다 공중이 텅 비어 보이는 것도 색 일가(一家)들이 모든 새의 깃털로 바빴기 때문이다 희고 바라긴 했지만 낮달도 선염법(渲染法)을 기다리고 있지 않은가 공중이 비워지면서 허공을 실천 중이라면, 허공에는 우리가 갖추어야 할 것들이 있다 바람결 따라 허공 한 줌 움켜쥐자 내 손바닥을 칠갑하는 색깔들, 오늘 공중의 안감을 보고 만졌다 공중의 문명이란 곤줄박이의 개체수이다 새점을 배워야겠다

계간 『문학동네』 2009년 겨울호

송 재 학
1955년 경북 영천 출생. 1986년 『세계의 문학』으로 등단. 시집으로 『진흙 얼굴』 (2005) 등이 있음. 김달진문학상, 대구문학상 수상.

공중을 들어올리는 하나의 방식

송 종 규

기억의 반을 세월에게 떼 준 엄마가 하루 종일
공중에게, 공중으로, 전화벨을 쏴 댔다 소방호스처럼
폭포를 이룬 소리들이 공중으로 가서 부서졌다

휘몰아치는 새떼들

머리 위에 우두커니 떠 있는 공중, 나는
공중에 머리를 박고 공중에 대해 상상하다가 공중을 증오하다가
털신처럼 깊숙이 발 밀어 넣고 공중에서
공중을, 그리워 하다가 들이 마시다가

깊은 밤 불 밝힌 네 창으로 가기 위해
내 방의 불을 켠다
네 불빛과 내 불빛이 만나 공중 어디로 가서
조개처럼 작은 집이라도 짓기나 한다면

이것은 연애가 아니라 공중을 일으켜 세우는 하나의 방식

모든 공중에, 모든 공중을, 의심하거나 편애하거나
생략하기도 하면서

휘몰아치는 저, 새떼들

계간 『애지』 2009년 겨울호

송종규
1952년 경북 안동 출생. 1989년 『심상』으로 등단. 시집으로 『녹슨 방』(2006) 등이
있음. 대구문학상 수상.

푸른색에 끌리다

신 달 자

관상을 보는 사람이 청색과 친해지라고 귀띔해 주었다
붉은색을 멀리하라고 가슴속 붉은 띠는 풀어버리라고
그때부터 나의 눈에는 청색이 줄을 이어 들어오고
옷방 거실 현관으로 청색바다가 출렁거렸다
청색 수궁 속에 나는 살았다

청 호반새를 찾아야지
호반에 비친 구름조각에 나는 홀리기도 해서
청 호반새는 얼핏 보이기도 하고 아예 보이지 않기도 해서
있는 듯 휙 날아가 버리기도 해서
날아간 그 하늘을 바라보는 동안

적막에서

수렁으로부터

모래바람 거세게 부는 사막 끝에서
내 손에 만져지는 것은 가슴에 붉은 띠 그것이었을

계간 『불교문예』 2009년 여름호

신 달 자 1943년 경남 거창 출생. 1972년 『현대문학』으로 등단. 시집으로 『열애』(2007) 등이 있음. 신인여류문학상, 대한민국문학상, 춘향문화대상, 시와시학상, 시인협회상 수상.

위험한 서지

신 용 목

소에게 풀을 먹이고 그것이 뿔이 될 때까지 기다린다

구름의 행군이 오래 계속되었다
집들은 양말처럼 현관을 가졌고

어제가 벗어놓고 간 날씨 같았다
그 집에 사는 동안 아는 것은 비밀밖에 없었고 모르는 건 소문밖에
없었다 - 그러므로 침묵!

거울에서 가면을 꺼내 쓰고 기다린다 거울이 피부가 될 때까지

가위표 마스크를 쓰고 달력은 날마다 어제 속으로 연행되었다, 가
면은 그림자를 오려 만든 것
가위는 혐의를 입증하는 증거이므로

거울은 여러 장의 페이지로 넘어간다

그 집은 너무 많은 그림자로 더러워졌다 구름의 왼발과 오른발 혹
은 오리다 만 눈과 코-그럼에도 침묵!
열릴 때마다 현관은 안과 밖을 뒤집었으며

거울에는 흰 소가 검은 소로 비쳤다
풀에 받친 바람이 풀 아래 쓰러지듯

소에게 풀을 먹이고 뿔에서 꽃이 필 때까지 기다린다

계간『시인세계』2009년 가을호

신용목
1974년 경남 거창 출생. 2000년『작가세계』로 등단. 시집으로『바람의 백만번째 어금니』(2007) 등이 있음. 시작문학상, 육사시문학상(젊은시인상) 수상.

나날들

심 보 선

  우리는 초대장 없이 같은 숲에 모여들었다. 봄에는 나무들을 이리 저리 옮겨 심어 시절의 문란을 풍미했고 여름에는 말과 과실을 바 꿔 침묵이 동그랗게 잘 여물도록 했다. 가을에는 최선을 다해 혼기 (婚期)로부터 달아났으며 겨울에는 인간의 발자국이 아닌 것들이 난수표처럼 찍힌 눈밭을 헤맸다. 밤마다 각자의 사타구니에서 갓 구운 달빛을 꺼내 자랑하던 우리, 다시는 볼 수 없을 처녀 총각으로 헤어진 우리, 세월은 흐르고, 엽서 속 글자 수는 줄어들고, 불운과 행운의 차이는 사라져갔다. 이제 우리는 지친 노새처럼 노변에 앉 아 쉬고 있다. 청춘을 제외한 나머지 생에 대해 우리는 너무 불충실 하였다. 지금 여기가 아닌 곳에서만 안심한다. 이 세상에 없는 숲의 나날들을 그리워하며.

계간 『신생』 2009년 가을호

심보선
1970년 서울 출생. 1994년 조선일보 신춘문예로 등단. 시집으로 『슬픔이 없는 십 오 초』(2008)가 있음.

단단한 문장

여 태 천

뼈가 점점 야위어간다.
생각이 단단해질 때까지
우유를 마시고 또 마신다.

뼈가 튼튼해야 하는데, 라고 쓰는데
이미 생각은 수정할 수 없이 단단해져
다른 말이 생각나지 않는다.

언어에 대해
뼈에 대해
뼈의 문장에 대해

두 팔과 머리는 이미 충분히 단단하다.

단단한 언어가 만드는
저 생각의 근육들을 좀 봐.

점점 건강해지고 있는 나는
어떤 표정을 지어야 하나.
저 생각이 나를 만들었다.

계간 『시에』 2010년 여름호

여 태 천
1971년 경남 하동 출생. 2000년 『문학사상』으로 등단. 시집으로 『스윙』(2008) 등
이 있음.

이국적 감정

오 은

자고 났더니
눈에 쌍꺼풀이 생겼다
자, 누구한테 고백해야 할까

너는 섣불리 국경을 넘어 내 품에 파고든다

키스하기 싫은데
너의 입에 어떤 색깔의 재갈을 물릴 것인가

척골처럼
부서져버릴까 꽃병처럼
깨져버릴까 너와 나의 의견처럼 산산이 조각나
다시는 붙지 못해버릴까

너무 익은 토마토처럼 금이 가버렸는데,
결승점 금은 대체 어디에 그어졌는가

나는 불쌍한 표정을 짓고
버전을 달리하며 달리기를 시작한다

15페니를 쥔 소년과 300원을 쥔 소녀 중
누가 더 불쌍합니까

우리는 서로 다른 쪽에 표를 던진다

TV속에서는 총격전이 한창인데
아무 일도 없다는 듯 덮밥을 퍼먹는 게 가능합니까

나는 숟가락을 놓고
재갈을 문 너의 입은 게걸스럽다

선생님, 쟤와 제 짝꿍을 바꿔도 되겠습니까
역사시간이 끝나면 제 국적을 포기해도 되겠습니까
미술시간만큼은 제 감정에 충실해도 되겠습니까

선생님은 먼저 세상을 뜨고
너는 샤프심을 새로이 장전한다

수업이 무인도에서 펼쳐지는 겁니까,
아니면 나 혼자 외따로 펼쳐지는 겁니까

나는 잊고 또 묻는다
묻고 금세 또 잊는다
다른 물음이 급부상할 때까지

자고 일어나도
이 땅에서
매력이 있겠습니까, 나는, 털끝만큼이라도

월간 『현대시』 2010년 1월호

오은
1982년 전북 정읍 출생. 2002년 『현대시』로 등단. 시집으로 『호텔 타셀의 돼지들』
(2009)이 있음.

아침에

위 선 환

당신이 보고 있는 강물 빛과 당신의 눈빛 사이를 무어라 이름 지을 것인가

시간의 저 끝에 있는 당신과 이 끝에 있는 나 사이는 어떻게 이름 부를 것인가

고요에다 발을 딛는 때가 있다 고요에다 손을 짚는 때가 있다

머뭇거리며 딛는 고요와 수그리고 짚는 고요 사이로 온몸을 디밀었으니

지금, 내 몸에 어리는 햇살에 무늬를 어떤 착한 말로 읽어내야 할 것인가

나뭇잎과 나뭇잎의 그림자 사이를 나뭇잎이 나뭇잎의 그림자가 되는 사이라 읽으니

한 나무는 다른 나무 쪽으로 가지를 뻗고 다른 나무는 한 나무 쪽으로 가지를 뻗어서

두 나무는 서로 어깨를 짚어주는 사이라 읽으니

계간 『서정시학』 2009년 가을호

위 선 환
1941년 전남 장흥 출생. 2001년 『현대시』로 등단. 시집으로 『두근거리다』(2010) 등이 있음. 현대시 작품상, 현대시학 작품상 등 수상.

시인의 사려 깊은 고양이

유 미 애

당신은 먼 나라에서 피는 꽃이다
그러나 향기가 전해지기 전 내 정강이가 휘어졌다
당신이 식탁 위에 두고 간 화병은 주인을 기다리며 지쳐 가고
반짝이는 무릎들이 훔쳐 바른 장미의 입술 색에도 그늘이 드리운
다
나무 창문에 당신의 턱수염 같은 이끼가 자라고
내 눈을 뽑아다 박은 듯 허공의 눈동자가 노랗다 흐려진다
끼니를 거른 식기들이 꽃무늬 벽지를 뜯어먹는 이 무렵 나는
저녁의 정강이 아래로 돌아올 눈 빨간 새를 생각했다
목이 타들어가는 장미가 빛을 향해갔던 혀를 거둘 때
내 작은 주먹은 꽃잎 하나를 힘주어 잡는다
물고기 한 마리 울고 있는
간신히 켜 둔 촛불과 그 촛불아래 흔들리는 검은 양 그림자를 두고
저녁이 발라먹은 물고기 같은, 혀를 쳐낸 장미의 몰골 같은
풍성한 소문만 우리들의 식탁 위에 차려놓은 당신은
뱀과 독수리가 싸우고 나무의 뇌관에 박힌 만년필이 고뇌하는
먼 곳에서나 볼 수 있는 꽃이므로 나는
늙은 정원의 램프 밑에서 홀로 생리를 하고 버려진 양을 돌보고
주인공 없는 그림책을 넘긴다
물고기가 만든 웅덩이를 절룩절룩 휜 정강이들이 건너간다
빛나는 날개 하나 그 붉음 속을 지나쳐간 뒤
유리벽 안 풀리지 않는 차가운 귀, 모든 외로움을 빨아들인

매서운 눈구멍, 바스라질 듯 야윈 내 손은
죽은 시간으로 빚은 새 한 마리를 꼭 쥐고 있다

반년간 『시산맥』 2009년 하반기호

유 미 애
1961년 경북 문경 출생. 2004년 『시인세계』로 등단.

어디에 묻혀있나, 나는

유 지 소

검은 물이 뚝뚝 떨어지는
제4번방을 발견했소
내 무덤 같아서 파헤쳐 보았소
나(無)가 있었고 나(碑)가 있었고
죽은 쥐새끼가 있었고
나는 없었소
연꽃을 생각하면 연꽃이 사라지고
사자를 생각하면 사자가 사라지는
늪이 있었소
내 무덤 같아서 파헤쳐 보았소
늪은 늪의 무덤일 뿐
나는 없었소
나는 언제 죽었나 나는 어디에 묻혀있나
내 얼굴을 달고 탈춤을 추는
한 사람이 있었소
그 사람은 언제나 북장단보다 한 박자
빠르거나 한 박자 늦었소
그 사람 내 무덤 같아서 파헤쳐 보았소
촛불이 있었고 암세포가 있었고
빈 지갑이 있었고
나는 없었소

계간 『시에』 2009년 겨울호

유지소
경북 상주 출생. 2002년 『시작』으로 등단. 시집으로 『제4번 방』(2006)이 있음.

사람을 쬐다

유 홍 준

사람이란 그렇다
사람은 사람을 쬐어야지만 산다
독거가 어려운 것은 바로 이 때문, 사람이 사람을 쬘 수 없기 때문
　그래서 오랫동안 사람을 쬐지 않으면 그 사람의 손등에 검버섯이
핀다 얼굴에 저승꽃이 핀다
　인기척 없는 독거
　노인의 집
　군데군데 습기가 차고 곰팡이가 피었다
　시멘트 마당 갈라진 틈새에 핀 이끼를 노인은 지팡이 끝으로 아무
렇게나 긁어보다가 만다
　냄새가 난다, 삭아
　허름한 대문간에
　다 늙은 할머니 한 사람 지팡이 내려놓고 앉아 지나가는 사람들 바
라보고 있다 깊고 먼 눈빛으로 사람을 쬐고 있다

계간 『유심』 2009년 11~12월호

유홍준
1962년 경남 산청 출생. 1998년 『시와 반시』로 등단. 시집으로 『나는 웃는다』
(2006) 등이 있음.

저녁의 질감

윤 성 택

새들은 아무도 기약하지 않는 곳에 날아가 빈집을 낳는다
침묵의 결이 커튼처럼 역과 역에 접히면 민박집 창이
열렸다가 가뭇없이 사라지고
그날의 연한을 모르는 낙서와 같은 고백이
빈방에 남아 시들어가는 노을을 걸어둔다
궤도에 있다는 건 불치의 시간에 머무는 것
그러나 간이역처럼 앓아본 적 있다면
어둠 속 환한 불면을 지나온 것이다

수첩 속에는 휘청거리는 문장들이 닻을 내리고
저녁의 심지 같은 쓸쓸한 몽상만이 끝없이 흔들린다
가까이 만지기 위해 손 내미는 회색 테트라포드,
삐죽빼죽한 새벽이 부서지고 또 부서져도 나는
내 빈틈으로 드나들던 슬픔을 알지 못한다

등대는 하얀 기둥을 열었다 닫으며
물결에 열주를 드리운다 바다 속으로
사라진 그림자들이 조난신호처럼 불빛을 축조하는 밤
나는 심해로 가라앉는 피아노를 생각한다
검은 건반의 음은 더 이상 항해하지 않는다
썰물이 휩쓸고 간 해변에 장갑이 떠밀려가고
내가 거역할 수 없는 은유가 운명처럼
나를 데려간다고 믿는다

안개가 꿈꾸는 부두 너머 길이 있고
가보지 못한 날이 열려 있는 가방이 있다
모든 길이 사라진 저편, 맹렬하게 소멸해가고 있는
한 점은 다시 누군가의 눈(目)이 될 것이다

월간 『문학사상』 2010년 1월호

윤성택
1972년 충남 보령 출생. 2001년 『문학사상』으로 등단. 시집으로 『리트머스』
(2006)가 있음.

소주

윤 진 화

누군가의 말처럼 실패한 혁명의 맛에 동의한다
타오르는 청춘의 맛도 껴다오
우리의 체온을 넘을 때까지
우리는 혁명을 혁명으로 첨잔하며
동트는 골목길을 후비며
절망과 청춘을 토해내지 않았던가
거세된 욕망을 찾던 저, 개봐라
우리는 욕망에 욕망을 나누며
뜨거운 입김으로 서로를 핥지 않았던가
삶이 이리 비틀, 저리 비틀거리더라도
집으로 가는 길은 명징하게 찾을 수 있다
혁명과 소주는
고통스러운 회열을 주는,
잔인하게 천진한 동화와 같다
기억하고 싶지 않은 오욕(汚辱)을
죄 없는 망명자처럼 물고 떠돈다
누군가의 말처럼 다시는 도전하지 말 것에 동의한다
누군가의 말처럼 망각할 것에 동의한다
그러나 소주의 불문율이란
투명하고 서사적인 체험기이므로

뒤란으로 사라지지 않는다는 것이다
첫, 사랑처럼

웹진 『시인광장』 2010년 봄호

윤 진 화
1974년 전남 나주 출생. 2005년 세계일보 신춘문예로 등단.

유리(琉璃)의 지금(只今)

이 경 림

솟을 대문을 열고 들어가니 안개 자욱한 정원이었는데
그 사이로 언뜻 언뜻 수많은 길들 보였는데
그 중 어떤 길인지 나, 종일 걸어갔는데
그 끝에서 물레 잣는 한 노파 만났는데
그녀의 손끝에서 실뱀 같은 것들 꾸역꾸역 흘러내려 안개 속으로
흘러드는 것 보았는데
자세히 보니 그것들 모두 길이었는데

그녀, 천년은 묵은 나무뿌리 같기도 하고
무슨 짐승의 화석 같기도 하였는데

안개 속에서 그녀 수없이 명멸(明滅)하였지만 옆모습은 분명 〈나〉라,
불현 목이 말라, 물레만 잣는 〈나〉에게 물 좀 주세요, 물 좀……
들었는지 못 들었는지 그녀 하염없이 물레만 잣고 있었는데
나 그만 가슴이 먹먹하여 우두커니 서서 생각느니
그녀는 분명 귀머거리라

그 때 나는 〈나〉와 무슨 말을 나눴는지,
물은 얻어먹었는지 도무지 기억이 까마귀 날아간 자리라

누구는 거기가 허공이라 하고 또 누구는 벌판이라 하였지만
아무튼 그 때 나, 무슨 나무인 듯 안개 인 듯 그저 흠뻑 젖어 있었
는데

엄마! 뭐야? 벌써 일곱 시잖아...... 아이들 툴툴거리며 뛰쳐나가는 소리

아버지 할아버지 증조할버지 갓 쓰시고 도포 걸치시고 부시럭부시럭

출타하시는 소리, 놀라 깨어나니 뉘 집의 안방이라

중구난방 흩어진 옷가지며 가방 색연필 지우개

지팡이 버선 짚신짝 놋숟갈...... 치워도 치워도 끝이 없는 그것들 치우며

안방에서 건넛방으로 건넛방에서 부엌으로 종종거리는데

손바닥만 하던 그 집의 안쪽은 가도 가도 끝이 없어 눈 깜빡할 사이 해가 지고 있었는데

그 때 나, 마루 한 쪽에 서 있는 낡은 거울 앞을 지나고 있었는데

아아 거울 속의 적막강산(寂寞江山)을 급히 지나가는 백발 노파를 보고야 말았는데

그 뒤에 그 뒤편이 슬쩍 보이는 한 사각의 창을 보고야 말았는데

필시, 청동기쯤의 해가 유리(琉璃)의 지금(只今)에 피칠갑을 해 놓고

전속력으로 달아나는 것을 보고야 말았는데

계간 『시와 사상』 2010년 봄호

이경림
1947년 경북 문경 출생. 1989년 『문학과 비평』으로 등단. 시집으로 『상자들』(2005) 등이 있음.

그물의 미학

이 근 화

피부를 통해 치즈나 마늘 냄새가 증발해서
우리는 오늘의 식사가 즐겁다
빵과 빵 사이에
토마토와 양파를 끼워 넣고 입을 벌린다

미세한 구멍들이
서로를 향한 호감과 증오로 서로 다른 크기로 벌어지고
서로 다른 질문들을 쏟아낸다

오렌지 농장 근처에서 실종된 유학생에 대해
점거농성 중인 노동자의 마스크에 대해
남편을 잃은 베트남 여인에 대해
그녀의 사라진 80만 원에 대해

빵과 빵 사이에 끼워 넣을 것이 많았다
우리는 입술을 오물거렸으며
눈시울을 붉혔으며
그리고 잠시 후 한쪽 입술을 실룩거리며 웃었다

할 수 없는 일 가운데 할 수 있는 일이 있는 것처럼
피부 위로 물 같은 것이 잔인한 방향으로 흘렀다
너의 얼굴을 걸고 밥을 먹는다

그럴 때 내 구멍은 조금 아픈 것 같다

그럴 때 네 구멍도 조금 벌어진 것 같다
네 구멍은 조금 어두워진 것 같다

늙으면 머리가 커지고 엉덩이가 퍼지고 다리가 가늘어져
그럴 때 내 구멍이 내 구멍이……
너를 향해 인사를 하고

계간 『작가세계』 2009년 겨울호

이근화
1976년 서울 출생. 2004년 『현대문학』으로 등단. 시집으로 『우리들의 진화』
(2009) 등이 있음. 윤동주문학상 젊은작가상, 2010년 김준성문학상 수상.

흰 수건

이 기 인

헌 옷소매를 움직이는 그녀에게 눈시울이 붉은 바람이 온다

그녀 등 뒤로 나란히 무릎을 꿇고 앉아서 한 송이 파꽃을 피워 올리는 시간이 흔들린다

울음을 데리고 온 새 한 마리 어둠이 오는 쪽을 기웃거리다 흙을 튀기며 날아간다

비 오는 날에 새로이 떨어진 돌멩이 밭 한가운데 박혀 있다 홀로 상처를 꺼내어 본다

밭 가생이로 올라온 풀들이 촘촘히 우거진 느릅나무 숲으로 들어가서 울고 싶다

흰 수건을 오랫동안 머리에 쓰고 있던 그녀의 호미는 하던 일을 멈춘다

잔글씨들처럼 많은 가지와 잎사귀와 뿌리가 한 호흡을 멈추고서 그녀를 둘러본다

울리지 않은 종소리처럼 아직 걸어 나오지 않은 밭 모서리 그늘을 본다

흰 수건을 머리에 감은 그녀는 아름다운 저녁을 향하여 손을 흔든
다

월간 『문학사상』 2010년 3월호

이 기 인
1967년 인천 출생. 2000년 경향신문 신춘문예로 등단. 시집으로 『어깨 위로 떨어
지는 편지』(2010) 등이 있음.

첫 줄이 아름다운 시를 쓰고 싶다

이 기 철

첫 줄이 아름다운 시를 쓰고 싶다
세상 안쪽이 다 만져지는 시를 쓰고 싶다

가보지 않은 마을에도 금잔화는 피고
안 보이는 길 끝에도 어제까지 없던 집이 새로 지어진다

사랑한다는 말은 사람의 말이지 풀들의 말이 아니다
말없이도 사랑하는 것이 세상에는 있다
미리 가난을 준비해 둔 풀잎이 저리도 행복해 보이는 것은
그들이 불행도 사랑하기 때문이다

나무에서 열매 떨어지는 소리는
어떤 악기로도 흉내 낼 수 없다
그 소리에 지구가 정숙해진다

계원필경집 첫 줄은 무슨 말로 시작되는가
화엄경소 제사십회향품 첫 글자는 무슨 글자인가
생각의 강물이 출렁거리는 동안
정림사지 오층석탑에는 어제 없던 이끼가 하나 더 낀다

첫 줄이 아름다운 시를 써도 세상은 달라지지 않을 것이다

그러나 봄은 한 해의 첫 행, 아침은 하루의 첫 줄이라고
그보다 더 아름다운 것은 세상에 없다고

난생 처음 시를 읽는 사람
이 세상에 시라는 것이 있음을 처음 안 사람
그 한 사람만이 읽어도 좋을 시를

나는 생애에 꼭 한 편만이라도
첫 줄이 아름다운 말로 쓰고 싶다

격월간 『유심』 2010년 1월~2월호

이기철
1943년 경남 거창 출생. 1972년 『현대문학』으로 등단. 『가장 따뜻한 책』(2005)
등이 있음. 김수영문학상, 시와시학상, 도천문학상 등 수상.

온다는 말없이 간다는 말없이

이 병 률

늦은 밤 술집에서 나오는데 주인 할머니
꽃다발을 놓고 간다며
마늘 찧던 손으로
꽃다발을 끌어안고 나오신다

꽃다발에서 눈을 떼지 못하는 할머니에게

이 꽃다발은 할머니한테 어울리네요
가지세요

할머니는 한사코 가져가라고 나를 부르고
나는 애써 돌아보지 않는데

또 오기나 하라는 말에
온다는 말없이 간다는 말없이
꽃향은 두고
마늘향은 데리고 간다

좁은 골목은
식물의 줄기 속 같아서
골목 끝에 할머니를 서 있게 한다

신(神)에게 다가가겠다고 까부는 밤은
술을 몇 잔 부어주고서야
이토록 환하고 착하게 온다

웹진 『시인광장』 2009년 여름호

이병률
1967년 충북 제천 출생. 1995년 한국일보 신춘문예로 등단. 시집으로 『찬란』 (2010) 등이 있음.

소리 없이 나의 어둠에 닿은 화물열차

이 성 렬

소란한 역내 방송에 섞여 누군가 속삭인 듯, 꿈속에 나타나는 검은 외투의 우울한 여인이 아닐까 생각했다. 그러나 뒤돌아보니 비에 흠뻑 젖은 강철 지네였다. 나는 "진실로 오랜만이네, 잠자*여!", 외칠 뻔했다. 안경에 서린 수막을 닦아내고 보니, 그 육중한 생물은 아무도 눈여겨보지 않는 바깥 선로에서 부르튼 발목을 쉬이며 형형한 눈빛으로 숨을 고르고 있었다. 이 검은 대기를 벗어버리지 않겠나… 말을 건넸으나, 옛집 창밖으로 비치는 불빛과 식구들의 와자지껄한 웃음을 어둠 속에서 응시하는 탈옥수의 형상으로 바라보고만 있었다. 철로와 불화를 빚었던가… 시베리아 눈밭과 캄캄한 항구를 그리는가… 물으려 한 발자국 옮길 때에, 녹슨 수인(囚人)은 세차게 머리를 흔든 후, 쇠사슬을 쩔렁거리며 떠나고 있었다.

*카프카 소설 「변신」의 주인공

계간 『애지』 2010년 봄호

이 성 렬
1955년 서울 출생. 2002년 『서정시학』으로 등단. 시집으로 『비밀요원』(2007) 등이 있음.

죽은 사람으로부터 온 편지

나는 잘 도착해서 소호를 다니고
이제 막 저녁 먹으러 식당에 들어 왔어
오래 기다렸니
저녁까지 오는 길이 멀었다고만 간단하게 말할게
구름은 구름을 몰고 왼쪽에서 왼쪽으로
한쪽 귀가 떨어져 나간 토끼 머리를 흉내 낸 구름들은
한쪽 귀가 떨어져 나간 토끼 머리를 끝까지 흉내,
천개의 손이 동시에
천개의 손과 부딪치며
상자, 빛 , 입술, 새가 차례대로 왔다
책장을 넘길 때는 소리를 내지 말아야 합니다
그 문장이 그리웠어
솜으로 꼭꼭 막아주었다고 생각하겠지만
그보다 내가 먼저 모든 구멍을 오므렸기 때문에
내내 쫄깃거렸어 휩싸인 파도는
비릿했고 조금 다정했고
조금 무뚝뚝했어
혼자 떠나온 것을 염려하지마
혼자라서 모두 다르고
혼자라서 모두 평등해
삼년동안 여행가방에서 코트와 정장을 안 꺼냈는데
지금쯤은 너무 구겨졌을까
코트의 안쪽 주머니에 못다한 말을 써 넣은 것은 아니겠지
펴보지 않을 테니 끝내 못다 한 말로 간직해줘

그런데 방금 온 식당 주인은 입이 없어서 먹을 수가 없다고
'너는 그림자가 없다'고 하는데……
폭설이 내리면 비로소 허공이 나타난다고 해
가늠할 수 없는 높이와 넓이를 가졌기 때문에
허공을 깊다고 한대
깊으면 밤이 시작된다고 해 이곳에서의
첫 밤은 아주 길 테니
허공이 거대한 심야식당이 되면 식당 주인도 조금은 다급해질 테니
괜찮아
나는 늘 먼저 도착하는 사람
입에서 항문까지 오는 가장 긴 여행도 끝마쳤으니
너무 걱정은 마
나는 지금까지도 훌륭한 날씨처럼 굴었으니까

월간 『현대문학』 2010년 3월호

이 원
1968년 경기도 화성 출생, 1992년 『세계의 문학』으로 등단. 시집으로 『세상에서
가장 가벼운 오토바이』(2007) 등이 있음. 현대시학작품상, 현대시작품상 수상.

물 위에 찍힌 새의 발자국은 누가 지울까

이은규

아무도 없는 곳에서의 눈물은 질문이다

저수지에 먼저 도착해 있는 적막
닫아 놓았던 귀를 열어
풍경의 모퉁이를 서성이는 허공을 듣는다

어떤 종족이 허공에 발자국을 찍을 수 있을까

새 한 마리 총총, 물 위를 난다
수면에 발자국으로 무슨 흔적을 남기는 것도 같은데
마침표를 찍어 완성하기 전
바람이 잔물결을 일으켜 발자국 문장을 지운다

문장 따위야 사람의 소관이라는 듯
새는 몇 점 눈물로 저수지의 수위(水位)를 알맞게 조절할 뿐
금세 풍경의 모퉁이를 돌아나간다

누군가
물수제비로 새겨 넣은 문장을 오래 듣는 귀가 여기 있다
그는 이제 허공에 발자국을 찍을 수 있는 종족
물수제비 문장을 기억하는 바람에게
물 위에 찍힌 새의 발자국은 누가 지울까
하릴없이 묻는 날이 길다

그날의 적막에게 어떤 문장은 마침표 없이도 지워지지 않는다는
걸 배운다

 여름 하오, 꼭 한 뼘의 높아진 저수지의 수위(水位)

격월간 『유심』 2009년 7~8월호

이은규
1978년 서울 출생. 2006년 국제신문 신춘문예, 2008년 동아일보 신춘문예로 등단.

친절한 세상

이 이 체

비가 내리고, 참으로 울상이다. 하늘을 가릴 우산 따윈 필요 없다. 내가 썼던 일기들로 나는 나를 지워 갈 예정이다. 자, 암송하지 않는 일기를 보아라. 관을 메고 세상 곳곳의 성당을 찾아 떠돌던, 수두룩한 기억들이 지면에 적혀 있다. 먼지 낀 거울을 보아라. 늙은 잿빛으로 더럽혀진 세월을 닦아내느라 나를 보지 못하는 나. 그 때까지, 나는 감탄밖에는 할 수 없었던 것이다. 성당 끝자락의 한 가운데에 있던 제단은 붉은 제라늄이고 그 양쪽으로 늘어선 촛불들. 십자가엔 피 묻은 예수가 없다. 이 관엔 반드시 내가 들어가겠다. 기도를 시작하고 비는 내리고. 나 사랑해? 그런 걸 왜 물어봐. 이건 아마도 내일 기록될 일기. 빗줄기가 아무리 세차도 노래할 수 있는 시가 있으리라고 믿지 않는다. 나는 어린 아이이고 싶지만 눈은 이미 모든 걸 보고. 감당한다는 것이 무겁고 무섭다. 진심으로, 나 사랑해? 묻지 마. 고마워. 서커스는 이제 끝이다, 세상의 둘레에서는 짐승이 아닌 것들이 재롱을 떨고, 성당은 우리인 셈이다. 암송하지 마라, 내가 말하지 못한다는 걸 내가 알게 될까봐 두렵다. 십자가를 보며, 빗줄기들이 그어진 하늘을 보며. 모르고 싶은 것들이 있어. 더럽혀지지 않은 세월을 더럽힐 것이다, 더럽혀서 거울에 비춰보곤 웃겠다. 사랑해. 예배가 끝나기를 소원했기에 서둘러 성가를 부르고 사도신경을 외우던, 어린 내 모습. 더 이상 관을 메고 싶지 않다고 기도한다. 세상은 이토록 친절하다.

계간 『리토피아』 2009년 겨울호

이 이 체
1988년 충북 청주 출생. 2008년 『현대시』로 등단.

겨울의 원근법

이 장 욱

너는 누구일까?
가까워서 안 보여.

먼 눈송이와 가까운 눈송이가 하나의 폭설을 이룰 때
완전한 이야기가 태어나네.
바위를 부수는 계란과 같이
사자를 뒤쫓는 사슴과 같이

근육질의 눈송이들
허공은 꿈틀거리는 소리로 가득하네.
너는 너무 가까워서
너에 대해 아름다운 이야기를 지을 수는 없겠지만

드디어 최초의 눈송이가 된다는 것
점 점 점 떨어질수록
유일한 핵심에 가까워진다는 것
우리의 머리 위에 소리 없이 내린다는 것

나는 너의 얼굴을 토막토막 기억해.
네가 나의 가장 가까운 곳을 스쳐갔을 때
혀를 삼킨 입과 외로운 코를 보았지.
하지만 눈과 귀는 사라졌다.
구두는 태웠던가?

너는 사슴의 뿔과 같이 질주했네.
계란의 속도로 부서졌네.
뜨거운 이야기들은 그렇게 태어난다.
가까운 눈송이와 먼 눈송이가 하나의 폭설을 이룰 때

나는 겨울의 원근이 사라진 곳에서 너를 생각해.
이제는 아무런 핵심을 가지지 않은
사슴의 뿔이 무섭게 자라나는
이 완전한 계절에

계간 『시와 세계』 2009년 겨울호

이장욱
1968년 서울 출생. 1994년 『현대문학』으로 등단. 시집으로 『정오의 희망곡』
(2006) 등이 있음. 문학수첩작가상, 2010년 올해의 좋은시 상 수상.

서태지 세대

이 재 훈

아름다운 골목은 없다.
돌고 도는 것이 골목이며
참고 참는 것이 사랑이다.
첫 사랑의 얼굴이 기억나지 않을 때까지
본드를 마시고, 부탄가스를 불었다.
정작 중요한 말이라고 세상에 떠도는 건
모호한 개념 정의들뿐.
됐어 됐어 이젠 그런 가르침은 됐어.*
유치하다 생각한 노래를 목청껏 불렀지만
우리에게 밤문화를 가르쳐준 선생님과
몇 푼의 참고서 값으로 위안을 삼는다.
대학도 회사도 모두 판매왕을 모집하여
고시원과 학원을 전전하였던 아름다운 시절.
희망도 아니고, 욕망도, 진리도 아닌
어수룩한 정당성으로 가득한 신자유주의.
한 가지는 알 것 같다.
너와 내가 다르다는 것.
그리고 나는 불편하다는 것.
정의와 진실이 정치적이라는 걸
한순간 깨달았을 때.
잔혹한 눈망울을 낼 수 없는 나는
숭고한 공간을 꿈꾸었던 나는
이 시대를 매일 버린다.
머릿속 꿈들은 아무 것도 아니라고

선한 것도 결국 아무 것도 아니라고 말하는
이십일 세기 문명에 무릎을 꿇는다.
내 손으로 만든 옷과 신발과 종이가
하나도 없는 무능한 세대.
조금 일찍 태어났더라면
돌을 던지고, 화염병을 던지고
울분으로 노래를 부르고
세상에 욕을 하고
그것으로 명예를 얻고 정치를 하고 돈을 벌고
후배들에게 내 아픔의 젊은 날을 얘기할 텐데.
체게바라의 페데로사를 끌고
동해와 남해를 거쳐 서해의 어귀에서
술을 마시고 낯선 여자를 만나고
모래밭에서 잠드는 낭만놀이를 했을 텐데.
손잡고 싶은 사람 하나 없어
집으로 향하지만
오늘도 우편함엔 밀린 고지서와
광고 전단지만 가득하다.

* 서태지, 〈교실이데아〉

계간 『불교문예』 2009년 여름호

이재훈
1972년 강원도 영월 출생. 1998년 『현대시』로 등단. 시집으로 『내 최초의 말이 사는 부족에 관한 보고서』(2005)가 있음.

남한강

이 하 석

몸의 70% 이상이 물이라서 사람 사는 게 다 솨하고 물 흐르는 소리 내는 거란다. 그 우스갯소리가 왜 모두를 강물처럼 굽이치게 할까? 아리랑 한 자락 구성지게 우려내는 이의 강이, 그렇게 저무는 제 생풀이의 후렴처럼, 흐른다.

저녁이 몰려오자 허기처럼 어두워진 풀덤불에서 매운 연기 솟구친다. 하루 일 막 끝낸 공공근로자 서너 명이 모닥불 가에 둘러앉아 몇 잔의 술로 속 데우며 깡마른 귀들 세우니 강물이 먼 북소리처럼 울렁이며, 참 검게 속 감추어 흘러간다. 그 우여곡절마다 소주 같은 생의 푸른 그림자들 어울려 이룬 여울 소리 희게 부서져내린다.

계간 『서정시학』 2010년 봄호

이 하 석   1948년 경북 고령 출생. 1971년 『현대시학』으로 등단. 시집으로 『것들』(2006) 등이 있음. 대구문학상, 김수영문학상, 김달진문학상, 대구시문화상(문학 부문) 등을 수상.

시인들

임 동 확

　고작 필멸의 나부랭이일 뿐인 자들이 겁도 없이 불멸을 노래하며
함량미달의 시구를 대리석에, 동판에 새기는 꼴불견들이라니!

　욕심쟁이로 치면야 어찌 시인들만 하랴. 알고 보면, 허나 그 야심
이라는 게 고작해야 나타나는 찰나 사라지는 추억이거나 열리자마
자 단혀버린 문과도 같은 순간들에 대한 맹목. 혹은 살아 숨 쉬는 영
원의 심장을 붙잡을 욕심에 그만 제 발밑의 수렁을 보지 못한 자들
의 조급증과도 같은 거.

　모든 이들의 생이란 그 속에서 한낱 저들의 의지에 따라 솟구치거
나 꺼져가는 불길에 지나지 않을지도 모른다.

　그렇게라도 이 지상에 존재했음을 입증하고자 어디선가 지금도
종이 대신 비면(碑面)을, 연필 대신 강철 끌을 손에 들고 마구 설치
는 꼴이라니!

　어리석음과 과잉으로 치면야 그 누가 시인들을 따라가랴. 돌이켜
보면, 하지만 누구든지 여지없이 곧잘 하강하거나 상승하는 그들의
꿈의 완력에 붙들려 있는 포로 신세.

신대륙에 상륙한 스페인 정복자들처럼 안하무인이되 남이 아니라, 오로지 자신을 향해 용감하게 총을 겨누고 칼끝을 세워 검은 중력의 뒤꿈치를 박차고 비상의 날개를 치켜들려는 좀도둑들을 결코 미워할 수 없다.

계간 『시와 경계』 2009년 가을호

임동확
1959년 전남 광주 출생. 시집 『매장시편』으로 등단. 시집으로 『나는 오래 전에도 여기 있었다』(2005) 등이 있음.

겨우

장 석 주

어둠은 깊다. 목이 마르다.
별들의 공전(空轉)이나 높새바람의 사생활을 들여다보는
내가 자꾸 목이 마른 것은
나무들의 생태(生態)와 닮은 몸 — 사람이기 때문이다.
지표면의 물들 태반은 지하로 숨고
겨우 몸 안으로 들어온 물들이 순환하는 동안
나무들의 잎눈에서는 잔 근심과 후회들이
연초록으로 돋아난다.
비바람 따라 마실 나온 어린 천둥들이 우는 밤에는
잎들도 처절했다.
강제로 뜯겨 내동댕이쳐지는
그런 밤의 참혹에 증오의 미학도 깨치지 못하고
나는 굳게 대처하곤 했다.
조경선이 내려와 늦가을 무렵 연못은 완성되고
나는 위로를 받는다.
연못은 얕은 물로 단풍잎들을 받고
서리가 내렸다. 서리에 시드는 풀들,
노모의 잠꼬대 소리가 높아지는
동지 새벽에 깨어난 나는 겨우
은버들 한 쌍 같은 네 관자놀이와 쇄골을 더듬는다.
목이 마르고
목이 마른 밤들이 가고
네 마음 언저리에도 닿지 않는
네 푸른 정맥과 손목의 가냘픔을 사랑했음을 깨닫는다.

고요가 깊으면 그 고요 속에 숨결을 묻고
죽어도 좋다고 생각한다.
태어나지 마라, 태중의 아이들아.
겨우, 라는 부사로써만 발설될 수 있는
사랑이 있다면 그 사랑으로 무구한 개와 고양이들만
태어나라. 나는, 겨우, 살아 있으니까.
겨우, 사랑을 견딜 수 있을 뿐이니까.

계간 『시안』 2010년 봄호

장석주
1954년 충남 논산 출생. 1975년 『월간문학』으로 등단. 시집으로 『몽해항로』
(2010) 등이 있음. 해양문학상, 2010년 질마재문학상 수상.

시적 살인

전 기 철

시 속의 녀석 때문에 속을 끓인다.
놈은 제 멋대로 내 이름을 도용하고서
나쁜 짓이란 나쁜 짓은 다 하고 다닐 뿐만 아니라
제가 현실의 나인 척하는 것은 말할 것도 없고
먼 과거에 죽었던 나인 척하거나 내가 알고 지내는 사람들인 척해서
낯을 들고 다닐 수가 없다.
녀석에게
얼굴이 무슨 야바위 카드인 줄 아느냐고 성을 내면
말 많은 아줌마 같아! 라거나, 수다쟁이 햄릿이야! 라고 나를 힐난
한다.

내가 시를 돌아보지 못하고
생활에 골몰해 있으면 여닫이문을 비긋이 열고 나와서는
이 사람 저 사람과 사통하고 다녀서
놈이 내 행세를 하지 못하게 하려고
현실로 오는 문을 걸어 잠가 버리겠다고 하면
우울한 얼굴을 하고서는
비 내리는 버스정류장에서 우두커니 비를 맞으며 기다리고 있던
일이며
숲속에서 혼자 거꾸로 매달려 있던 일
무당 집에서 열흘 동안 징만 쳐주었던 일들을 누가 했는지 아느냐
고 따진다.

도저히 놈의 신세타령을 견디지 못하여
시 밖으로 나오지 못하게 여닫이문을 걸어 잠그면
놈은 비명을 토하기도 하고
유령들을 불러내 곡을 뿌리기도 하다가
죽은 비둘기 시체를 밀어내놓기도 한다.

나는 여닫이문을 두 겹 세 겹 걸어 잠그고는
너는 존재하지 않아! 라고
최후의 통첩처럼 선명한 도장을 박아놓는데, 녀석은
신파조의 발작을 누그러뜨리지 않다가
자살해 버리겠다고 협박을 하며
두루마리 화장지로 목을 매느라 부스럭거리는 소리가
페이지마다 귀곡성으로 둥둥 떠다닌다.

네놈보다 먼저 태초에 말씀이 있었는지 모르느냐?
물거품처럼 나타났다 사라져 버리는 존재가 얼마나 허무한 줄 아
느냐.
시인이란 말 속에서 태어나고 사라지는 뜬구름 같은 존재야.
너는 궁극적으로 존재하지 않아.
너는 네 머릿속에 설치된 무대 위의 꼭두각시인 줄이나 아느냐?
밀렵꾼 같은 놈!
유행성 감기처럼 나타나서 주인 행세를 하다니
백만 년도 넘게 산 내 속에서 네가 태어났는데 나를 가둬 놓는다고?
존재는 말의 증식 과정에서 나타났다 사라지는 것이고
시인이란 언어의 물거품 같은 것!
원시의 단말마보다 보잘것없는
너라는 존재가 정말로 있다고 생각하느냐?

....
....
....

녀석 때문에 나는 하루에 두 번씩 체온을 잰다.
침묵 속에 묻어둔 녀석이 불장난처럼 일어나
생의 페이지를 넘길 수가 없어
닭 뼈로 점을 치며
놈을 죽일 계책을 세우느라 골머리를 앓는다.

계간 『주변인과 시』 2009년 겨울호

전 기 철
1954년 전남 장흥 출생. 『심상』으로 등단. 시집으로 『로깡땡의 일기』(2009) 등이
있음.

공모(共謀)

정 재 학

죽은 지 이틀 만에 시체에서 머리카락이 갈대만큼 자라 있었다 나
와 그림자들은 시체를 자루에 싸서 조심조심 옮겼다 그림자 하나
가 울컥했다 죽이려고까지 했던 건 아닌데… 나머지 그림자들이 그
를 달랬다 그러지 않았다면 네가 죽었을 거야 차 트렁크 열고 시동
좀 걸어놔 간신히 1층까지 왔는데 아파트 현관 앞에 순찰중인 경찰
이 보였다 이게 무엇입니까? 하필이면 자루가 찢어져 그의 멍든 허
벅지 살이 드러났다 하하 이건 고구마입니다 우리는 서둘러 트렁크
에 실으려 했다 한번 확인해봐도 되겠습니까? 그림자 하나가 칼이
든 주머니에 손을 넣었다 옆의 그림자가 그의 팔을 잡았다 네 그렇
게 하시지요 우리는 자루를 펴보였다 자루 안에는 지푸라기와 고구
마가 가득했다 경찰관과 우리는 미소를 지었다 고구마 하나가 김이
모락모락 났다 방금 찐 고구마인데 하나 드셔보시겠습니까? 그럴까
요 네 고맙습니다 경찰관이 고구마를 한입 물자 썩은 피가 뿜어져
나왔다

계간 『창작과 비평』 2010년 봄호

정 재 학
1974년 서울 출생. 1996년 『작가세계』로 등단. 시집으로 『광대 소녀의 거꾸로 도
는 지구』(2008) 등이 있음.

율려(律呂)여

정 진 규

저녁이 오는 시간은 밝음에서 어두움으로 가는 땅거미의 보법(步法)이 가장 분명하다 피리 소리를 내며 윤곽을 긋는 시간의 손을 보여 준다 율려(律呂)여, 피리를 부는 그대 손가락이 눈에 밟힐 것이다 한 그루 나무의 그 한그루는 물론, 이파리들의 가장자리에 고이는, 번지는 그런 몸의 발가락들을 보여 줄 것이다 큰 나무는 물론 작은 풀잎이 오늘 피운 꽃잎들의 다무는 입술에도 그 보폭과 걸음새를 보여 줄 것이다 아니 그런가 한 그루 느티여, 질경이풀이여, 제일 분명한 것은 안산 저녁 능선일 것이다 거기 서 있는 나무들의 키가 비로소 하루의 완성의 키를 얻는다 몸을 얻는다 모든 완성의 내부에는 소리가 흐른다 저녁은 완성의 시간이다 어둠의 율려(律呂)여

계간 『신생』 2009년 가을호

정 진 규　　1939년 경기도 안성 출생. 1960년 동아일보 신춘문예로 등단. 시집으로 『껍질』(2007) 등이 있음. 한국시인협회상, 월탄문학상, 현대시학작품상, 만해문학상 등을 수상.

말보로 맨

정한용

팔루자의 밤은 길었다
나 여기 있으니 올 테면 와라, 총알아
담배가 피우고 싶어 미치겠다
차라리 광부가 될 걸
파편은 **다행히** 어깨를 스쳐지나 흙벽에 구멍을 냈다
화약 냄새가 가시고 새벽이 오자
죽은 듯 고요했던 마을 저쪽에서 개가 짖기 시작했다
아침 햇살이 종족(피)보다 뜨거웠다
살아남은 것이다
그래서 슬픈 것이다

註1) 제목 '말보로 맨'은 'Marboro Marine'이 정확한 표기이다. 처음
(2004.11.10) 〈L.A. Times〉의 Luis Sinco 기자가 미군병사 James Blake Miller
의 모습을 찍어 내보낸 기사에서 'Marboro Marine'라고 이름 붙였기 때문이다.
그러나 사람들은 '말보로 맨'이라고 부르기 시작했고, Blake는 곧 이라크 전쟁
을 상징하는 인물이 되었다. '말보로 맨'이란 원래 말보로 담배 광고에 나오는
모델, 즉 야성적인 몸매를 과시하며 입에 말보로 담배를 물고 있는 남자를 뜻
한다. 이 짧은 시는 ('시'라고 하기엔 부족하지만, 하여튼 그는 '시'라고 주장
한다) 그가 미국으로 돌아온 뒤 치료를 받는 과정에서 설문답지 형식으로 의
사에게 제출한 글 중의 하나이다.

註2) 1행, '팔루자의 밤은~.' Blake가 근무한 지역은 이라크 교전의 중심지인 팔루자였다. 미국은 전쟁 5년 동안 해병대를 포함한 연인원 백만 명을 투입했지만, 전쟁은 끝이 보이질 않았다. 노벨경제학상 수상자인 스티글리츠 교수는 '3조 달러의 전쟁'이라 불렀고, 사망한 미군병사의 수가 5천을 넘었다. 이라크 측 피해에 대한 정확한 통계는 없지만, 사망자가 10만 명, 난민이 450만 이상 발생했다. Blake가 묘사하고 있는 '밤'은 그가 팔루자의 한 마을을 습격하여 소위 '테러분자'들을 색출하려다 오히려 매복 공격을 당하고, 어느 지붕 위에 숨어 하룻밤을 보냈던 그날 밤을 가리킨다. 그날 동료 15명이 희생되었다.

註3) 2행, '나 여기 있으니~.' 이 부분은 Brian Turner의 시 'Here, Bullet'를 표절한 것이 틀림없다. 그 시인도 이라크에서의 경험을 살려 매우 강렬하고 인상적인 시를 썼다. 원작은 다음과 같다. 〈몸을 원한다면 여기 내가 있다/뼈와 연골과 살이 있다./소망이 잠긴 쇄골과, 대동맥의 열린 밸브,/시냅스 사이를 뛰어다니는 생각들이 있다./...(중략)...내 몸 속에 있는 라이플을 찾아/폭발적인 혀의 방아쇠를 당기는/이곳이 바로 내가 신음하는 차가운 배럴의 식도/나선형으로 돌며 비틀릴 때마다 점점 깊이/파고드는 총알아, 이곳이 언제나 세상이/끝나는 바로 그 곳이다.〉

註4) 3행, '담배가 피우고~.' Blake는 지독한 애연가였다. 팔루자 근무 당시엔 하루에 7갑을 피웠다. 기자가 사진을 찍었을 때는 막 해가 솟아오르고 그가 살았다는 안도의 느낌을 받으면서 담배를 피워 문 순간이었다. 어쩌면 그 순간, 그의 정신세계가 무너져 내린 것은 아닐까. 그는 사진이 찍힌 줄도 몰랐다고 회상한다. 나중에 소대장이, '네 얼굴이 신문에 대문짝만하게 나왔더라'고 일러줘서 알게 됐다. 말보로맨으로 유명해지고, 나중에 부시 대통령이 시거 한 갑을 선물로 보내기도 했다. 귀국 후 치료를 받으면서 그는 아내의 잔소리 덕분에 담배를 한 갑으로 줄였다. 소문에 의하면 말보로 회사에서 그에게 평생 피울 담배를 제공하겠다는 약속과 함께, 광고에 출연해줄 것을 요청했지만, 그는 '신성한 임무를 수행했을 뿐, 담배 광고엔 관심없다'고 답했다고 한다.

註5) 4행, '차라리 광부가~.' 고등학교를 졸업한 뒤 그의 꿈은 원래 광부가 되는 것이었다.

註6) 5~7행, '파편은 다행히~.' Blake는 '다행히'라는 단어에 밑줄을 그어 강조했다. 그리고 그 옆에 연필로 'Fuck!'라고 낙서했다. '노엄, 하워드, 사만다'라는 이름도 써 놓았는데, 그와 함께 수색작전을 펴다 죽은 동료의 이름인 것으로 밝혀졌다. 그는 정말 힘든 전투에서 자신이 살아남은 것을 '다행'으로 여기고 있을까? 그 일을 겪은 후 그는 PTSD (post-traumatic stress disorder) 판정을 받고 귀국하여 지금까지 계속 치료를 받고 있다. 잠을 거의 자지 못하고, 위장 장애로 식사를 잘 못하며, 악몽과 환청에 시달리고, 신경질을 잘 내며, 때로는 아무런 이유도 없이 가까운 사람들을 죽이고 싶은 충동에 사로잡히곤 한다. '이러다 내가 아내를 해치면 어쩌죠. 한 때는 미래를 향한 문이 내게 활짝 열린 듯 했는데, 지금은 모두 닫혀버렸어요.'

註7) 8행, '아침 햇살이~.' 이 부분은 많은 논란의 소지를 보인다. 그는 분명히 'The morning sunray was hotter than the brood'라고 썼다. 'the brood'(종족)는 'the blood'(피)의 오기인 것으로 보이지만, 그가 일부러 그렇게 썼을 수도 있다. '종족'은 그와 함께 동고동락했던, 그러다가 적의 총알에 쓰러진 '동료'를 가리키는 말이 아닐까. 아니면 이라크인과 미국인을 다른 '종족'으로 인식하고 '신성한 임무'를 수행하고 있다는 자부심을 은연중 드러낸 것이 아닐까. 하지만 (그의 진술에 의하면) 팔루자에서 그날 아침 햇살이 실제로 살을 째듯 뜨거웠다고 한다. 온몸에 묻은 핏자국이 아침 햇살에 검붉게 반사되는 모습을 그렸다고 보는 게 더 타당하다. 냉정함을 잃고 탈진된 그 순간에, 그가 무슨 생각을 떠올렸는지는 하느님만이 알 것이다. 나는 어차피 당사자가 아니고, 의사의 입장에서 그저 분석하고 가정할 뿐이다.

註8) 9~10행, '살아남은~.' 그는 지금 고향 Pineville에서 아내와 함께 매달 $2,520의 군인 장애연금을 받으며 살고 있다. 그러나 그는 살아남은 것이 '슬프다'고 말한다. '우린 좋은 일도 했어요. 하지만 도대체 어떤 좋은 일을 한 거죠? 미국이 이 수많은 죽음 외에 무얼 얻었죠? 정말 견딜 수가 없어요.' 그는

이라크에 배치된 직후, 소속부대 구호였던 '죽음의 전사'라는 구절을 팔뚝에 새겼다. 그 문신은 죽을 때까지 악령처럼 Blake를 따라다닐 것이다.

격월간 『시를 사랑하는 사람들』 2009년 9~10월호

정한용
1958년 충북 충주 출생. 1985년 『시운동』으로 등단. 시집으로 『당나귀의 꿈』 (2007) 등이 있음.

캠프

조 동 범

접경의 일몰이 사라지는 순간이다
저물녘을 황홀하게 물들이는, 놀랍도록 고요한 피란의 계절이다
뜨거운 모래 바람 앞에서
소년은 미동도 없이 흐느끼고 있다. 캠프에 이르기까지, 흐느끼
는 소년의 길은 온통 핏빛 맨발이다. 소년의 맨발을 향해 접경이 들
어선다.
접경 너머의 오래된 공포를 바라보며 소년의 눈망울이 날아간다.
접경의 아주 먼 곳으로부터 들려오는 살육이 전설처럼 떠올랐다.
저물녘의 순간을 향해 날아가는 철새가 날개도 없이 검은 피를
흘리고 있었다.
캠프.
피란의 밤과 낮을 따라 캠프의 천막이 펄럭였다.
쏟아지는 별빛도, 아름다운 숲과 시내도 없는, 접경의
캠프. 접경을 따라 수없이 많은 천막이 만장처럼 펄럭였다.
오래된 피란이 접경 위로 유목처럼 펼쳐졌다. 거대하게 부풀어
오른 캠프를 향해 바람이 불고 비가 내리고 오랜 가뭄이 오기도 했다.
먼 곳으로부터, 땅에 묻지도 못한 채 떠나온 가족의 소문이 들려
왔고
만장처럼 펼쳐진 천막의 주름이 버려진 죽음과 고단한 난민의 행
렬을 향해 부풀어 오르곤 하였다.
소년은 핏빛 맨발의, 절뚝이며 지나온 길을 떠올리며 백발이 성
성한 오래된 숲을 향해 천천히 걸어들어 갔다.
접경의 일몰을 배경으로, 캠프가 울음을 터뜨렸다.
쏟아지는 별빛도, 아름다운 숲과 시내도, 출렁이는 바다와 행복

한 야영도 없는

캠프.

돌아갈 수 없는, 접경의 밤이다. 오래된 천막과 경악으로 가득한,
캠프의 밤이다.

캠프의 일몰을 향해 죽음이 황홀하게 물드는

접경의, 비극으로 붉게 물든 밤이다.

계간 『시현실』 2009년 가을호

조동범
1970년 경기도 안양 출생. 2002년 『문학동네』로 등단. 시집으로 『심야 배스킨라
빈스 살인사건』(2006)이 있음.

조용히 싹터가는 시체여

조 연 호

외진 자여
사모하고 있겠습니다
조용히 싹터가는 시체여

화목전(花木田)에 지금은 잡나무만 무성하고
달의 독본은 저무는 하루가 속인다고 말하는 것
계절이 공예의 냄새로 출렁인다고 말하는 것

눈 없는 이 신체에 쌍꺼풀만 잔뜩 그려넣으며
오늘밤의 동굴에 손을 얹는다

하반신과 말벗이 되어
여(余)는 발자국 속의 우리를 돌아나와라
여는
숲에 내리는 여의 심장을 불쌍할 정도로 열심히 밟아라

외진 자여
고독이 남겨준 붉은 천체를 물고 있는 자여
사모하고 있겠습니다
조용히 싹터가는 시체여

계간 『시와 반시』 2010년 봄호

조연호
1969년 충남 천안 출생. 1994년 한국일보 신춘문예로 등단. 시집으로 『천문』
(2010) 등이 있음. 수주문학상 우수상, 현대시작품상 수상.

얼룩

조 용 미

우리의 피는 무슨 색(色)인가
목에서 흰 피가 솟구치고 캄캄한 천지에서 꽃비가 내렸다는 죽음
도 있지만
어쩐지 당신도 한때 따뜻한 초록 피를 가졌을 것만 같다

색(色)에 대한 학습에서 벗어난 지 얼마 되지 않았는데 아무래도
피는 붉어야 하지 않겠느냐며 당신은 내게 자꾸 충고한다
내가 맛 본 강력한 피의 기억은 분명한 검은 색,

피부에 갇혀 얼음장 같은 살갗의 아래에서 그것은 한동안 몸 안에
고여 있다 천천히 식어가다가 어느 순간 역류했다
꾸역꾸역 올라오는 검은 덩어리들은

숨겨진 붉은 얼룩들의 기억으로 검게 변해버렸다
모든 상처는 왜 내상(內傷)이 되고 마는 걸까 붉은 색과 검은 색의
심연이 죽음이거나 비애인 것은 얼룩 때문이다

빗방울이든 눈물이든 떨어지면 얼룩이 되고 마는 만유인력이 투
명한 화석을 만든다
물이 바위를 뚫듯 빗방울이 대지를 푸르게 뚫는다

당신의 피는 변함없이 차갑고 어두운 붉은 색이어서 안전하겠지만
커다란 얼룩 때문에 내 몸은 천천히 어두워지고 있다
나도 한때 다른 색(色)의 상처를 가졌던 적이 있다

월간 『현대시학』 2010년 5월호

조용미
1962년 경북 고령 출생. 1990년 『한길문학』으로 등단. 시집으로 『나의 별서에 핀 앵두나무는』(2007) 등이 있음. 김달진문학상 수상.

환(幻)

조 유 리

시누대에 끓고 있는 곡(哭)으로 바람은 환생을 꿈꾸지 사람으로 태어나 바람으로 죽는 일은 흔하다 내가 태어나기 전 죽은 아버지, 극적인 후생설을 믿으셨어요? 수음만으로도 태기가 슬어 나는 아비 없는 자식들을 내질렀다 펄럭이는 플레어스커트 밑단에 랭보의 서시(序詩)를 자빠뜨려 놓고 술을 먹인다든지 도무지 취하지 않는 고독을 통속적인 연애로 빳빳하게 다려 지갑에 넣고 다니기도 하였던 것인데, 소용되지 않는 지전처럼

내게는 이 세상 것이 아닌 귀두로 벌떡벌떡 발기하는 문장도 있었지만 태반에서 누룽지처럼 긁어져 시궁쥐 밥이 된 조사들도 많았다 적출물들을 내세에서 피우다 만 궐련에 말아 비벼 끄는 동안

삼천 밤쯤 자고 깨어나면 아버지, 이 가계의 구업(口業)을 시퍼렇게 여의시겠어요?

계간 『시와 문화』 2010년 봄호

조유리
1967년 서울 출생. 2008년 『문학·선』으로 등단.

갇힌 사람
― 기형도에게

진 은 영

그는 내 안에 갇혔다
그리고 슬픔은 그의 안에 갇혔다
그는 예전과 달리 여유가 조금 생겼다. 공원의 좁은 나뭇잎들
아래로 천천히 걷다가 사다리로 올라가
하늘을 뜯어버렸다, 구멍을 막아놓은 판자처럼
빗방울
혹은 별과 검은 빛이 쏟아질 테고
너는 바라볼 것이다,
라고 그는 생각할 테지만

나는 여전히 분주했다. 뜯지 않은 서류가
쌓여있고 오후의 햇빛은 빛났다
그가 가는 곳을 신경 쓸 겨를조차 없었다, 그러므로
무엇인가 흘러나와 먼지투성이
푸른 종이를 적셨지만 내 탓은 아니다
그런 저녁이면 참
이상하기도 하지, 돌계단에 앉은
그의 곁에서 늙은 개가 축축한 밤의 뺨을 핥는 것이다
달이 조각칼로
지나가는 날들과 죽은 나무들의 껍질을 벗긴다
환하게, 문득
은빛 기둥이 드러난다

아 그렇군, 아주 오래 전
나는 어둡고 부드러운 세월과 결혼한 적이 있다
자두나무 두 그루 사이에 걸린
희미한 기타소리 같은 얼굴
그 세월이 데려온 슬픔의 의붓자식
모든 청춘이 살해된 뒤에도 살아남을
비명의 공증인, 그는
내 안에 갇혔다

계간 『애지』 2009년 겨울호

진은영
1970년 충남 대전 출생. 2000년 『문학과사회』로 등단. 시집으로 『우리는 매일매일』(2008) 등이 있음.

소리를 들려주는 문장(紋章)

차 주 일

거미가 실을 잣아 영역을 넓힌다
넓힐수록 좁아드는 평생 감옥을 밤새 개간한다
밭두렁 같은 그물에 붙들린 허공에서
거미가 구름을 뜯어먹고 바람을 경작한다
부대밭 다랭이 몇으로 일가를 꾸리는 여자는
거미 발동작처럼 허벅지 문질러 베실을 삼았다
삼베에서 평생 손발 떼어보지 못한 몸은 삼베를 닮아갔다
결국 제가 짠 베옷을 입고 저승 갈 어미, 가 짠
삼베수건에 얼굴을 닦던 시절이 있었다
막걸리 잡순 입술을 훔친 할아버지의 트림소리
인골 몇 조각을 그러 묶는 할머니의 아귀힘
거름냄새와 버무려진 아버지의 땀내
악보 없이도 매년 똑같은 어미의 흥얼노래
누이들의 요동치는 젖살 파동까지
모두 삼베수건에 매달려 있었다
어미가 짠 삼베는 거미줄보다 센 자성을 갖고 있다
가족들은 끼니때마다 삼베밥보 앞으로 모여들었다
삼베밥보 밑은 성지여서 밥은 순교자처럼 교교했다
허벅지가 굵어진 새끼들은 어미로 출가했다
내 유년의 성지를 다시 만난 건
출가한 지 삼십여 년 지난 한식날 선산에서였다
삼베밥보는 아직도 일가의 제삿밥을 덮고 있었다
그 삼베밥보를 모셔다 문장(紋章)으로 걸었다
밤마다 베틀 소리 하염없이 들려왔으나

문양 하나 보이지 않는 완전한 은폐만 존재했다

계간 『시와 반시』 2009년 겨울호

차주일
1961년 전북 무주 출생. 2003년 『현대문학』으로 등단. 시집으로 『냄새의 소유권』
(2010)이 있음.

벼랑 위의 사랑

차 창 룡

모든 사랑은 벼랑 위에서 시작되더라, 당신을 만나고부터
벼랑은 내 마음의 거주지. 금방 날아오를 것 같은 부화 직전의 알
처럼
벼랑은 위태롭고도 아름다워, 야윈 상록수 가지 붙잡고
날아올라라 나의 마음이여, 너의 부푼 가슴에 날개 있으니,

일촉즉발의 사랑이어라, 세상은 온통 양귀비의 향기였다.
누가 먼저랄 것도 없이 당신과 나는 벼랑에서 떨어졌고,
세상은 우리를 받쳐주지 않았다. 피가 튀는 사랑이여,
계곡은 태양이 끓는 용광로, 사랑은 그래도 녹지 않았구나.

버릇처럼 벼랑 위로 돌아왔지만, 벼랑이란 보이지 않게 무너지는 법,
평생 벼랑에서 살 수는 없어, 당신은 내 마음을 떠나고 있었다.
떠나는 이의 힘은 붙잡을수록 세지는 법인지.

모든 사랑은 벼랑 위에서 끝나더라, 당신을 만나고부터
내 마음은 항상 낭떠러지였다. 어차피 죽을 용기도 없는 것들아,
벼랑은 암시랑토 않다는 표정으로 다투고 있는 우리를 바라보았다.

계간 『시작』 2009년 가을호

차 창 룡
1966년 전남 곡성 출생. 1989년 『문학과사회』로 등단. 시집으로 『벼랑 위의 사랑』
(2010) 등이 있음. 김수영 문학상 수상.

오래된 농담

천 양 희

회화나무 그늘 몇 평 받으려고
언덕 길 오르다 늙은 아내가
깊은 숨 몰아쉬며 업어달라 조른다
홉환수 가지끝을 보다
신혼의 첫밤을 기억해 낸
늙은 남편이 마지못해 업는다
나무그늘보다 몇 평이나 더 뚱뚱해져선
나, 생각보다 무겁지? 한다
그럼, 무겁지
머리는 돌이지 얼굴은 철판이지 간은 부었지
그러니 무거울 수밖에
굵은 주름이 나이테보다 더 깊어보였다

굴참나무 열매 몇 되 얻으려고
언덕 길 오르다 늙은 남편이
깊은 숨 몰아쉬며 업어달라 조른다
열매 가득한 나무끝을 보다
자식농사 풍성하던 그날을 기억해낸
늙은 아내가 마지못해 업는다
나무열매보다 몇 알이나 더 작아져선
나, 생각보다 가볍지? 한다
그럼, 가볍지
머리는 비었지 허파에 바람 들어갔지 양심은 없지
그러니 가벼울 수밖에

두 눈이 바람 잘 날 없는 가지처럼 더 흔들려 보였다

농담이 나무그늘보다 더더 깊고 서늘했다

계간 『서정시학』 2009년 여름호

천양희
1942년 부산 출생. 1965년 『현대문학』으로 등단. 시집으로 『너무 많은 입』(2005) 등이 있음. 소월시문학상, 현대문학상, 박두진문학상, 공초문학상 등 수상.

눈물의 배후

최 광 임

한 계절에 닿고자하는 새는 몸피를 줄인다
허공의 심장을 관통하여 가기 위함이다
그때 베란다의 늦은 칸나꽃송이
쇠북처럼 매달려 있기도 하는데
그대여 울음의 눈동자를 토끼눈으로 여기지는 마시라
생이 얼마 남지 않았다고 여기는 고목일수록
어린잎들 틔워내는 혼신의 힘은 매운 것이니
지루한 가뭄 끝 입술의 심혈관이 터진 꽃무릇 같은 것이니
턱을 치켜세운 식욕 왕성한 새끼들에게
공갈빵이나 뜯어 먹게 하는 무색한 시절을 두고
부엌으로 달려가 양푼에 밥을 비빈다
어떻게든 허방으로 떠밀리지 않기 위하여
뙤약볕 같은 고추장 비빔밥을 쑤셔 넣어 보신 적 있는가
막무가내로 뒤집어지는 매운 밥의 본능이
한 세월로 건너가는 새가 되는 것일 뿐,
천둥벌거숭이 나는 이 새벽 가슴 골짜기에서 솟구치는
눈물의 거룩한 밥을 짓고 국을 끓일 것이니
그대여 울음의 배후에 대하여 숙고하지 마시라
삶이 풍장 아닌 다음에야 칸나꽃 피고지고 또 필 것이므로
먼동 트기 전 세상 한 복판으로 뚜벅뚜벅 걸어 들어가는
내 발굽에 편자나 박아주시라

계간 『시와 사람』 2010년 봄호

최 광 임
1967년 전북 부안 출생. 2002년 『시문학』으로 등단. 시집으로 『내 몸에 바다를 들이고』(2004)가 있음.

예언자

— 선한 싸움

최 금 진

난 당신들이 밤이면 사격 연습을 하고 있다는 걸 알아요
게송의 파편으로 목탁에 뻥 뚫린 구멍
대웅전 부처님이 탄피 덩어리로 만들어졌다는 사실
도대체 당신들은 승병이 될 것도 아니면서
왜 총 쏘는 연습을 하나요, 한 비구니가 그렇게 묻고 있었다
이 싸움은 프랑스 혁명 같은 건가요
우리는 정치를 원하지도 않지만 사람도 원하지 않는다
오체투지로 기도하는 건 '엎드려쏴' 자세잖아요
무릎을 꿇고 염불하는 건 어떤 문을 열기 위한 암구호인가요
극락도 불심을 갖고 점령해야 할 고지인가요
하늘에 달덩이 조명탄이 오르고 능선마다 판초를 입은
나무들이 마을을 둘러싸요
철학자들처럼 세상을 조곤조곤 타일러야 하나요
아마존 여전사들처럼 죽창을 들 필요도 있나요
말을 듣지 않는 놈들은 공산당처럼 숙청을 해야 하나요
미안하지만 앞으로도 말세는 오지 않는다
다만 폭풍 같은 바람이 지나가도록 길을 틀 뿐이다
난 당신들이 얼마나 강한 군대인지 알아요
빡빡 민 머리, 산 속 최전방, 엄격한 규율의 승복
붙으면 일당백 하는 각개전투 소림권
당신들이 쏘아 올리는 염불에 추락하는 새벽 별들
빛이 쏟아져요. 드디어 새 세상이 열리나요

아아, 결국, 전쟁이군요
비구니야, 비구니야, 부디, 부처를 만나면 부처부터 죽이거라

격월간 『시를 사랑하는 사람들』 2010년 3~4월호

최금진   1970년 충북 제천 출생. 1997년 강원일보 신춘문예, 2001년 『창작과
비평』으로 등단. 시집으로 『새들의 역사』(2007)가 있음. 지용신인문학상, 오장환
문학상 수상.

맞배지붕

최 정 란

어떤 큰 손이 잠시 내려놓았을까
반쯤 읽다만 책 한 권, 법당을 덮고 있다
맞붙은 앞 뒤 겉장이 하늘을 향하는 동안
읽은 페이지와 읽지 않은 페이지가
서로의 아픈 이마를 받쳐주며
사람 인(人)자를 이루었다
펼친 책을 엎어놓은 주인은 어디에
고즈넉이 배흘림기둥으로 서서
계곡 물소리를 읽고 있는지 종적이 없고
과거와 미래가 현재에서 만나
반쯤 멈춘 독서의 한 순간은
선정에 든 명상이 젖지 않게 비를 그어주고
단청의 이마 얼룩을 막아주는가
두 사람이 책을 읽으면 어질다
사람이 책을 읽으면 지붕이 된다
세상의 지붕이 되어야 비로소 책이다
책에게 지붕을 강요하지 마라
책은 책이요 지붕은 지붕이다
갈피갈피 어떤 말씀들이 부르는지
심우도의 휴식이 끝나는 처마 끝, 바람이
나직나직 책 읽는 소리, 지붕의 독서
비린내 또렷하게 살아나는 풍경소리

맞배지붕에서 슬쩍 빠져나온 활자들
지느러미를 흔들며 하늘로 헤엄쳐 간다

『시산맥』 앤솔로지 2009년

최 정 란
1961년 경북 상주 출생. 2003년 국제신문 신춘문예로 등단. 시집으로 『여우장갑』
(2007)이 있음.

흩어진 말

최 호 일

라일락 향기가 무작정 공중으로 흩어질 때 아니,
공중으로 흩어진다는 말이 흩어지지 않을 것처럼 좋았을 때
나는 그것을 봄과 혼동하기로 했다
우리 결혼해도 될까요 국문과 선배에게
문학적으로
어제 산 장난감처럼 꺼냈다 그 말은
한쪽 무릎이 잘린 채 골목길을 비관적으로 걸어갔다
흩어지고 내렸다
검은 고양이가 검은 바지를 입고 검은 우산을 쓰고 오는 것처럼
그 계절의 비가 왔다
젖은 옷과 젖은 옷 사이
흑백으로 된 라일락 냄새가 봄의 겨드랑이에서 풍겼다
혁명을 꿈꾸기도 했으나 불길한 색상 때문에
머리가 가려웠던 것으로 기억 된다
그 말은 어디로 갔을까
오후 다섯 시에 약속이 있다는 그녀의 시간은
녹슬어서 좀처럼 열리지 않는 문같이
문득 활짝 열리는 그 말은

잃어버린 지갑을 또 잃어버린 것처럼
나는 그 말을 하지 않은 사람으로 살았다
가장 먼 곳에 두고 살았다

그 말이 몸에서 흩어지는 걸 본 최후의 사람처럼

계간 『작가들』 2010년 봄호

최호일
1958년 충남 서천 출생. 2009년 『현대시학』으로 등단.

겨울의 이마

하 정 임

 겨울이 깊어가니 눈이 내렸고, 밤이 깊어가니 애인이 찾아왔고, 사랑이 깊어가니 이마가 따가웠다

 하루에 열다섯 번씩 심심해진 애인과 이마를 붙이고 잠이 들고, 우리는 차이도 없이 솜털 같은 입김을 나누고, 도망가지 않기 위해 다리를 엮었다 창밖에는 흰 눈이 쌓이는데 우리는 이웃도 기약도 없이 애인이 되었다

 아득하고 서러운 식물이 키를 높일 때 방 안에는 우리의 웃는 얼굴이 방생 되고, 푸른 곰인형에게도 심장이 생길 듯했다 라디오에서 시대의 가난을 이야기할 때 더 가난한 우리는 서로의 발목을 끊어 서로를 먹이고 배가 부르게 쌓인 흰 눈을 이야기했다

 우리의 행성이 태양에 가까워지자 행성의 기울어진 이마에서 미처 눈이 녹기 시작했다 우리는 발자국이 남은 눈 위로 서로의 독해진 눈빛을 자주 풀어주고 싶었다

 그리고 곧 없는 발목으로 떠나지도 못하는 방에는 식물의 이마 같은 떡잎이 떨어졌다 봄이 오거나 여름이 오거나 할 것이었다 발목도 눈도 없이 뜨거운 이마도 버린 채 우리는 그 방에 갇혀 울었다

월간 『현대시』 2009년 12월호

하 정 임
1977년 경남 하동 출생. 2004년 『시인세계』로 등단.

제로 행성

― 규락에게

함 기 석

너의 눈썹이 떠오르지 않는다
너의 코와 손가락, 너와 거닐던 봄날의 골목들이
자꾸만 안개 속으로 흐려진다
내 손에 남은 너의 체온
내 귀에 남은 너의 숨소리
너의 웃음이 아카시아 꽃잎 되어 빛 속을 떠돈다

친구야, 지구만한 쇠공에
100만 년마다 파리가 한 마리씩 날아와
잠시 앉았다가 떠난다고 할 때
그 쇠공이 다 닳아 없어질 때까지 걸리는 시간
그 시간조차도 우주에서는 찰나라지

너의 모순 없는 주장처럼
모순이 없고 충분히 강력한 어떤 공리계에서
증명도 반증도 불가능한 명제가 존재한다면
그건 사랑이고 죽음일 거다
우리의 말과 수학기호, 기억의 불완전성을 우주는
시간의 불완전성 정리로 정리해 명료히 망각할 거다

고양이 핏줄 같은 빛이 내린다
빛은 우주가 자신의 어두운 육체에 쓰는 망각의 유서
나는 지금 제로가 발산하는 무한의 빛을 미분 중이다
푸른 피가 역류하는 저 빛의 혈관들
저 검은 근육의 문체 속에서
우리는 결국 그림자 없는 행성이 될 것이고
그 없는 그늘 속에서 사랑하고 울고 웃다 조금씩 미쳐
발음될 수 없는 낱말이 되는 것이다

나는 제곱하면 음수가 되는 i
세계는 실수와 허수가 샴쌍둥이처럼 결합된 복소수의 시
시간도 죽음도 우주도
공집합을 집합으로 하는 기이한 무한집합이니
나의 말은 너라는 무한을 향해
네 속의 캄캄한 우주를 향해 날아가는 혜성들이다

친구야, 미지수 X처럼
인간은 누구나 불안한 새고 미궁들이고
각자의 명료한 착란 속에서 혹독한 섬이다
네 수학이론이 네 영혼의 메아리고 파동이고 섬광이듯
나의 말은 진공 속으로 흩어져 사라지는
내 몸의 에코이자 아픈 피건만

오래 전 너를 업고 응급실로 달리던 그날 밤처럼
나의 봄은 무릎이 빠져 있고
삶은 지금 여기저기 뼈마디가 탈골되고 있다
친구야, 제로 행성엔 아직도 눈이 내릴까
벼랑 끝에 서 있던 우릴 닮은 모래 눈사람들

아직도 거기 서서 모래의 웃음을 흘리며
계곡 아래로 다이빙하는 빛들의 알몸을 보고 있을까

계간 『애지』 2010년 여름호

함 기 석
1966년 충북 청주 출생. 1992년 『작가세계』로 등단. 시집으로 『뽈랑공원』(2008)
등이 있음. 박인환문학상 수상.

나라는 모순에 대하여 너

함 성 호

1

결국 외계를 향해 쏘아올린 우리의 정보를 해독할 수 있는 존재는
우리밖에 없을 것이다 꽃돔도 아니고, 놀래기도 아니고, 지렁이도
아니고, 달팽이도 아닌

2

우리는 우리를 인류라고 부른다
(그렇지 않다면, 우리는 뭐란 말인가?)

3

이슬람으로 개종하려다가, 하루 다섯 번의 기도가 너무 귀찮아 그
만 두었다
자카트와 지하드의 별
스피릿과 오퍼튜니티는 아직도 여행 중인가요?

4

한 학교 후배가 좋아졌어. 걔와 오랫동안 얘기를 나누고 싶어서 복
도로 불러낸 적이 있어. 그러고는 무슨 얘기를 할까 하다가, 뭔가 사
소한 것을 가지고 걔를 야단치기 시작했지. 그러는 동안 (걔를 너무
만지고 싶어져서) 그만, 때리고 말았어. … 감미로운 순간이었어.

5

틀렸지만…, 너무 아름다워서 버릴 수 없는

6

(대체로) 두 팔에 달린 열개의 손가락, 두 발에 붙은 열개의 발가락,
두 눈으로 보고 두 귀로 듣고, 한 입으로 말하고, 두 성(性)을 가진-
아닌 것으로만 정의되는
　…무수한

7

어떤 추억이 태양계를 벗어나며 잠깐 뒤돌아본, 소금처럼 빛났을
짧은,

8

우리는 우리를 간혹
나라는 모순에 대하여 너라고 부른다

계간 『창작과 비평』 2010년 여름호

함성호
1963년 강원도 속초 출생. 1990년 『문학과사회』로 등단. 시집으로 『너무 아름다
운 병』(2001) 등이 있음. 현대시 작품상 수상.

허무함에 대하여

허 연

#1

신전을 세운 자들이 처음 약속을 믿었지만, 약속은 늘 지켜지지 않는다.

#2

결국 실패로 끝나는 길고 지루한 탈옥 영화를 봤을 때. 그것이 꼭 생(生)같다는 생각을 했다. 생(生)은 사는 내내 뭘 꿈꾸면서 손톱깎이 같은 걸로 육중한 회벽에 구멍을 내는 일. 생선 좌판에 앉아 파리 떼를 쫓거나, 어차피 지루해질 거라는 걸 알면서 사랑에 다시 가슴이 떨리거나, 죽이고 싶은 놈과 구내식당에 마주앉아 밥을 먹거나. 모두 결국은 육중한 회벽과 씨름하는 일.

#3

앉은뱅이책상, 구식 텔레비전, 졸업 사진과 그 옆에 적힌 맹세, 태어나자마자 죽어버린 돼지새끼, 낙서 가득한 간이화장실. 이렇듯 큰물에 쓸려 내려오는 역사들을 보라. 생(生)은 비루하다. 어느 것도 영원하지 못하며, 어느 것도 소중하지 못하다. 지금 이후를 두고 한 어떤 약속도 지켜지지 않는다. 안됐지만 말이다.

월간 『현대시』 2009년 10월호

허 연
1966년 서울 출생. 1991년 『현대시세계』로 등단. 시집으로 『나쁜 소년이 서 있다』(2008) 등이 있음.

저녁노을 식탁

허 만 하

1

흰 상보가 폭포처럼 식탁에서 흘러내렸다
정갈한 사기 접시 위에
홍시 빛 노을이
차려져 있는 둥근 식탁

중심에서 멀어질수록
불어나는 물의 부피는 흘러 넘친다

2

신이 지구에서 기억하는 것은
사랑을 말하는 입술 뒤에 숨어 있는
육식동물의 날카로운 송곳니와
적막한 식물의 식욕과
발치에서 비를 맞으며 한 발을 들고
서 있던 수탉 한 마리

그렇다
신은 지구에서 휘어지는 곡선을 만들었고
인간은 직선을 만든다

3

동물에게는 환경이 있고
인간에게는 풍경이 있다

환하게 서쪽 하늘 물들이는
주홍빛 노을 앞에서
갈대처럼 가늘게 떠는 언어가
인간에게 있다

계간 『열린시학』 2010년 봄호

허 만 하 1932년 대구 출생. 1957년 『문학예술』로 등단. 시집으로 『물은 목마 름 쪽으로 흐른다』(2003) 등이 있음. 박용래 문학상, 한국시협상, 이산문학상, 청 마문학상 수상.

빌어먹을, 차가운 심장

허 수 경

이름 없는 섬들에 살던 많은 짐승들이 죽어가는 세월이에요

이름 없는 것들이지요?

말을 못 알아들으니 죽여도 좋다고 말하던
어느 백인 장교의 명령 같지 않나요,
이름 없는 세월을 나는 이렇게 정의해요

아님, 말 못하는 것들이라 영혼이 없다고 말하던
근대 입구의 세월 속에
당신, 아직도 울고 있나요?

오늘도 콜레라가 창궐하는 도읍을 지나
신시(新市)를 짓는 장군들을 보았어요

나는 그 장군들이 지상에 올 때 신시의 해안에 살던
도롱뇽 새끼가 저문 눈을 껌뻑거리며
달의 운석처럼 낯선 시간처럼
날 바라보는 것을 보았어요

그때면 나는 당신이 바라보던 달걀 프라이었어요
내가 태어나 당신이 죽고
죽은 당신이 단백질과 기름으로
말하는 짐승인 내가 자라는 거지요

이거 긴 세기의 이야기지요
햇볕과 그늘 속을 시계추처럼 진동하는 사람
빌어먹을, 차가운 심장의 이야기지요

계간 『문학과 사회』 2009년 여름호

허수경
1964년 경남 진주 출생. 1987년 『실천문학』으로 등단. 시집으로 『내 영혼은 오래
되었으나』(2001) 등이 있음. 동서문학상 수상.

거울의 식성

홍 일 표

거울은 이빨이 없다
연신 몸을 들락거리는 사람들, 우연히 방문하는
길가의 가로수나 구름 한 점도 소화시킬 수 없다
우물거리다가 다 토해내는
거식증 환자다
뼈만 남은
발목 하나 담글 수 없는
겨울하늘,
새들이 일찌감치 발을 뺀 공지다
나, 누구도 담지 못한
꽝꽝 얼어붙은 거울을 깬다
고해하듯
와르르 뒤뜰 담장이 무너져내리고
조각조각 헛바닥 베인 햇살들
오랜 번민의 발자국을 안고 녹아내리는
눈 속을 뒤적이면
무청 같은 새파란 눈썹 하나 꿈틀댄다
내 안의 퀭한 거울이 배가 고프다

월간『문학사상』 2009년 11월호

홍일표
1958년 출생. 1988년『심상』, 1992년 경향신문 신춘문예로 등단. 시집으로『살바
도르 달리風의 낮달』(2007) 등이 있음.

가랑잎 한 장

— 여우도 굴이 있고 하늘의 새들도 둥지가 있다.
　그러나 인자(仁者)는 머리 둘 곳이 없다.*

황 진 성

　가랑잎 한 장, 생쥐처럼 눈을 반짝이며 살곰살곰 기어 나온다. 두리번거리다 달리는 차에 놀라 뒷걸음친다. 가드레일에 등을 바짝 붙인 채 놀란 숨 몰아쉰다. 바람이 휙 불어오자 마른 몸 중심을 못 잡고 펄럭인다. 신호가 바뀌고 차들 멈추어 선다. 꼬리를 내린 가랑잎 한 장 움찔움찔하며 건너간다.

　그를 다시 만난 곳은 여의도 잉카라 공원, 벤치에 때 절은 이불을 널어 말리고 있다. 더듬이마냥 뻗은 몇 가닥 수염과 노랗게 바랜 세모난 얼굴, 지난밤 골목길에서 뒤를 밟아오던 작은 눈이 반짝 나를 본다. 내가 들고 있는 커피를 본다. 커피를 건네고 뛰어 달아난다. 등 뒤에서 펄펄 웃음이 날린다.

　자정이 넘은 영등포 역, 박스는 인자(人子)가 겨울을 나기에 좋은 둥지다. 박스 안의 가랑잎 한 장 구겨진 채 잠들었다. 귀가를 서두르는 구두 발자국 소리 컹컹 역사를 울릴 때, 굽은 등 더 웅크린다. 시멘트 바닥에서 올라오는 섬뜩한 냉기를 끌어안으면 미치든 죽든 조만간 그림자는 찾아오리라. 하지만, 적어도 오늘은 아니다. 늘 어

둠 쪽에서 손짓하는 운명을 향해 기지개 활짝 펴 보이는 박스 위로
삐죽이 나온 가랑잎 한 장

* 누가복음 9장 58절

계간 『시인의 눈』 2009년 여름호

황진성
충남 대전 출생. 2005년 『시를 사랑하는 사람들』로 등단. 시집으로 『폼페이 여자』
(2009)가 있음.

엉거주춤

황 학 주

내 눈이 가장 멀리에서 나를 보았을 때는
내 귀가 가장 가까이에서 당신을 들었을 때이다

그걸 바탕으로 우리가 만나
산다고 하는 이렇게 고유한 밤에
잎을 떨고 있는 목요일의 파초 앞에

당신이라고 부르면 엉거주춤하는 데서 당신은 간직된다
당신 방으로 가려다 내 방으로 건너가는 아쉬움에서
나를 보고도 마주치지 않는 척 하는 눈물의 유래에서
당신을 안고서도 사이가 뜨는 배 밑에서

죽어서도 나는 엉거주춤
그곳이 아무리 멀어도 당신에게 가 누웠다
내게 와 누웠다
할 것 같은데

아직 귓속으로 수줍게 떨어지는
부러지는 시간의 참나무 숲에서 나는,

계간 『문학·선』 2010년 봄호

황학주
1954년 전남 광주 출생. 1987년 시집 『사람』으로 등단. 시집으로 『노랑꼬리 연』
(2010) 등이 있음. 서정시학 작품상, 서울문학대상 수상.

겨울, 역설적 동경의 시간

  - 이장욱의 「겨울의 원근법」에 대하여

남기택(문학평론가)

1.

만년설이 드리운 서던 알프스의 풍경은 자연의 위용을 체감케 한다. 우리에게는 한여름인 시간이, 세 시간의 시차를 둔 남반구 어느 나라에서는 겨울의 '핵심' 속이다. 한겨울의 황량함 중에도 푸른 초원과 밀키 블루의 호수, 단애절벽과 만년설을 한눈에 내놓는 이국적 풍경은 경이롭기만 하다. 겨울이 지닐 수 있는 환상의 이미지를 눈앞에 재현하는 듯하다.

다시 폭염 속에서, 이장욱의 「겨울의 원근법」(『시와 세계』 2009년 겨울호)을 읽는다. 이 역시 겨울의 로망을 담은 일종의 헌사로 보인다. 감각적으로 조직된 언어구조는, 재기 어린 시편들이 대개 그렇듯이, 현대시가 처한 발생의 운명을 잘 보여준다. 우선 언어의 세공 차원을 주목할 수 있다.

너는 누구일까?
가까워서 안 보여.

먼 눈송이와 가까운 눈송이가 하나의 폭설을 이룰 때
완전한 이야기가 태어나네.
바위를 부수는 계란과 같이
사자를 뒤쫓는 사슴과 같이

서두의 두 연에서 부재("안 보여")와 현전("완전한 이야기")이 빠르게 교차된다. 부재의 계기는 가까운 거리이며 현전의 동인은 거리의 무화이다. 부재를 그리는 순간은 짧고, 현전을 비유하는 데에는 '계란'과 '사슴'의 비현실적 우화가 동일한 어형으로 중첩된다. 이러한 언어의 배치는 몽환의 시적 분위기를 효과적으로 유도한다. 적절히 긴장된 음절들의 조화, 상반되는 정황에 비례하는 문형의 대비 등은 내면의 리듬을 형성한다. 그리하여 "완전한 이야기"라는 비의의 감각을 은연중 산파하는 것인바, 언어의 시적 운용에 관한 일반적 사례라 하겠다.

2.
다음으로 다층의 시공간을 활용한 이미지의 운산이라는 요소가 있다. 지금까지 이장욱의 시적 모험이 그래왔듯이, 「겨울의 원근법」은 일상적인 시점을 벗어나는 다중 초점의 렌즈를 중층적 시공간에 두고 있다. 인용 부분에서 너무 가까운 거리는 '너'라는 대상을 가리는 조건이 된다. 그 역도 마찬가지일 터, 색감이든 언어든 적절한 거리를 둔 시점에서 대상과의 차이를 구성할 때 재현은 사실적일 수 있겠다. 그러나 이 작품은 "먼 눈송이와 가까운 눈송이가 하나의 폭설을 이룰 때"라는 혼효된 시점을 애당초 상정함으로써 원근법의 지평을 벗어난다. 표제의 '원근법'은 실상 탈원근법적 지평을 가리키는 셈이다.

근육질의 눈송이들
허공은 꿈틀거리는 소리로 가득하네.
너는 너무 가까워서
너에 대해 아름다운 이야기를 지을 수는 없겠지만

드디어 최초의 눈송이가 된다는 것
점 점 점 떨어질수록
유일한 핵심에 가까워진다는 것
우리의 머리 위에 소리 없이 내린다는 것

나는 너의 얼굴을 토막토막 기억해.
네가 나의 가장 가까운 곳을 스쳐갔을 때
혀를 삼킨 입과 외로운 코를 보았지.
하지만 눈과 귀는 사라졌다.
구두는 태웠던가?

이때 겨울은 계절을 넘어선다. 그것은 "유일한 핵심"에 가까워지는 시공간이고, 형해가 사라진 "토막토막 기억"의 얼굴을 현현하는 행위이다. 원근이 소멸된 시점은 원근 대상과의 거리를 무화시켜 탈주의 형상을 빚고 초감각을 신생케 한다. 인용구 전후에 놓인 계란과 사슴의 불가능한 비유는 겨울이 환기하는 생성의 이미지와 다르지 않다.

이러한 시적 정황은 회화와의 대비를 통해 보다 쉽게 공감된다. 원근의 눈송이들이 "점 점 점 떨어"져 불연속적 연속을 재현하는 형국은 점묘를 통해 차원과 시점의 한계를 넘어서는 추상화의 방식이기도 한 것이다. 이 장면은 폴락(J. Pollock) 식으로, '눈'과 '귀'를 가리고 문자를 흩뿌림으로써 잉여의 감각을 그리고자 한다.

너는 사슴의 뿔과 같이 질주했네.

계란의 속도로 부서졌네.

뜨거운 이야기들은 그렇게 태어난다.

가까운 눈송이와 먼 눈송이가 하나의 폭설을 이룰 때

나는 겨울의 원근이 사라진 곳에서 너를 생각해.

이제는 아무런 핵심을 가지지 않은

사슴의 뿔이 무섭게 자라나는

이 완전한 계절에

　원근이 사라지는 중층의 감각에 '속도'는 주요한 계기를 이룬다. 속도에 대한 사유와 역발상은 문학적 모더니티의 주요 내용 중 하나이다. 물론 여기서의 속도는 단위 시간의 운동 거리와 같은 물리적 기제만을 가리키지 않는다. 오히려 가깝고 먼 눈송이들의 오버랩이나 사슴과 계란의 판타지를 실현하는 공감각으로서의 속도일 것이다. 「겨울의 원근법」은 그것을 가능케 하는 장이 겨울임을 꿈꾼다.

　그러나 현실은 "겨울의 원근이 사라진 곳"이다. "핵심을 가지지 않은" 지금 여기는 불가역한 성상으로서의 겨울 혹은 이상과 현실의 궁극적 괴리를 표현하기도 한다. 한편 이 역시 "사슴의 뿔이 무섭게 자라나는" 시간이요 "완전한 계절"일지니 이들은 공통적으로 현실적 감각의 완성을 상징한다. 겨울의 꿈만큼이나 거창한 속도요 시선인 것이다. 대상을 내면화한 동일성의 세계 속에서 또 다른 '핵심'과 '계절'의 신생, 그 매력적인 사유의 시간을 이끄는 조직된 언어기호를 본다. 현대시가 발생하는 근본적 맥락, 즉 불연속적인 세계를 영원한 현재의 장으로 이끄는 동일성의 지평이 또한 여기에 있다.

그 밖의 사실은 편의상 분절한 세 의미단위마다 '이야기'가 반복되고 있다는 점이다. "완전한 이야기", "아름다운 이야기", "뜨거운 이야기" 등이 그것인데, 이 작품은 서사 구성의 화소를 전혀 지니지 못했음에도 겨울에 관한 이야기를 운산하려는 욕망을 숨기지 않는다. 이 역시 현대시의 운명을 닮은 이장욱 시의 일요소일 것이다.

3.
「겨울의 원근법」은 겨울에 대한 일련의 사유와 연동된다. 2009년에 쓴 「겨울에 대한 질문」에서도 "함부로/ 겨울이야 오겠어?/ 내가 당신을 함부로/ 겨울이라고 부를 수 없듯이/ 어느 날 당신이 눈으로 내리거나/ 얼음이 되거나/ 영영 소식이 끊긴다 해도"와 같이 계절을 넘어 구성되는 겨울의 존재론이 드러나고 있다. 여기서 겨울은 일종의 '사이-시간'이요 관계의 장으로 묘사된다. 겨울은 늘 비틀어 가는 시의 길이요 이장욱 시가 전제하는 문학적 존재론을 담고 있다.

그러한 방식은 사실 시사의 맥락에서 반복되어 온 것이기도 하다. 이장욱 시는 그것을 의도적으로 모방하는데, 이를테면 「나의 우울한 모던 보이」(『정오의 희망곡』, 2006)의 경우 백석이나 이상의 아류를 자처한다. 서정과 초현실의 전형적 오버랩이 여기에 있다. 백석에 관한 오장환의 표현을 순진하게 인용하는가 하면, 다원적 공간과 시간의 자동기술법을 따르는 이상 시가 투영되기도 한다. 그리하여 "골목이, 골목은, 골목을, 골목에서" 식으로 조사만 달리하는 사유의 공간을 반복함으로써 고립된 자아의 고투를 표현하는데, 분열의 자아가 마주한 골목은 "혁명가"를 피해가는 길이다. 정확히는 기존의 혁명을 부정하는 것이며 자기만의 혁명을 찾아가는 길일 것이다.(졸고, 「악한, 광장에 서다」, 『현대시』 2007년 5월호 참조) 이처럼 자아를 지우고 정형화된 감각 지평을 넘어서려는 방식은 시사의 맥락을 따라 이장욱 시의 반복강박으로 존재한다.

「겨울의 원근법」을 비롯한 이장욱 시는 그 험난한 길을 잘 견뎌내는 중이다. 중층의 시어들은 개성적인 음색으로 2000년대의 신서정을 묘파하는 데 성공하고 있는 듯도 하다. 그것이 "아무런 핵심을 가지지 않은" 반복강박일지라도 "유일한 핵심"을 향한 시의 모험은 계속될 것이다. 그 과정은 이장욱 시의 일주체라 할 '코끼리'가 푸른 눈밭 위를 구르는 꿈의 장이기도 하다. 암암한 그 장면이, 아슬하게 반복되고 있다.

남기택

1970년 대전에서 출생. 1999년『작가마당』, 2007년『현대시』를 통해 등단. 저서로는『근대의 두 얼굴, 김수영과 신동엽』, 공저『라깡과 문학』, 『경계와 소통, 지역문학의 현장』 등이 있음. 현재『문학마당』 편집위원과 웹진『시인광장』편집위원. 강원대 교양학부 교수.

www.seeingwangjang.com

웹진 『시인광장』 cafe로의 초대

시를 사랑하는 모든 분들께 웹진 『시인광장』으로 초대합니다.
언제나 오시면 다양하고 풍부한 시의 세계를 만나실 수 있습니다.

시동인회 순례

웹진 시인광장 公知 | 웹진 시인광장 후원

올해의 좋은시賞 소개 | 올해의 좋은시賞 선정 과정 | 1차 선정 100선 목록

冊 올해의 좋은시 100選 | 冊 올해의 좋은시 300選

2008년 올해의 좋은 시 | 2009년 올해의 좋은 시 | 2010년 올해의 좋은 시
2011년 올해의 좋은 시

20세기 한국시단 | 20세기 시집詩選 | 21세기 한국시단
21세기 시집詩選 | 21세기 젊은 시 | 20세기 시집 서평
21세기 시집 서평

우원호와 명시감상

시인광장 소개시인 | 시인들의 시세계

시인들의 문학강좌 | 시인들의 프로필과 사진 | 인들의 그때, 그 사진

평론가의 프로필과 사진 | 시인들의 수상소식 | 국내 시문학상 소개

시문단의 문학행사 | 시문단의 작품공모 | 시문단의 단신
시인들의 동정

시인들의 신간시집 | 시인들의 출간도서

시인들의 주소록 | 문예지의 홈페이지